不知為何，我就是覺得會爆紅！

韓劇王牌編導 拆解20年經典神劇的爆紅公式

孫正鉉손정현 著
尹嘉玄 譯

野人家　214

不知為何，我就是覺得會爆紅！

作　　者　孫正鉉
譯　　者　尹嘉玄

野人文化股份有限公司
社　　長　張瑩瑩
總 編 輯　蔡麗真
責任編輯　徐子涵
校　　對　魏秋綢
行銷企畫　林麗紅、蔡逸萱、李映柔
封面設計　周家瑤
版型設計　洪素貞

讀書共和國出版集團
社　　長　郭重興
發行人兼出版總監　曾大福
業務平臺總經理　李雪麗
業務平臺副總經理　李復民
實體通路組　林詩富、陳志峰、郭文弘、吳眉姍
網路暨海外通路組　張鑫峰、林裴瑤、王文賓、范光杰
特販通路組　陳綺瑩、郭文龍
電子商務組　黃詩芸、李冠穎、林雅卿、高崇哲
專案企劃組　蔡孟庭、盤惟心、張釋云
閱讀社群組　黃志堅、羅文浩、盧煒婷
版 權 部　黃知涵
印 務 部　江域平、黃禮賢、林文義、李孟儒

出　　版　野人文化股份有限公司
　　　　　地址：231 新北市新店區民權路 108-2 號 9 樓
　　　　　電子信箱：yeren@yeren.com.tw
發　　行　遠足文化事業股份有限公司
　　　　　地址：231 新北市新店區民權路 108-2 號 9 樓
　　　　　電話：（02）2218-1417　傳真：（02）8667-1065
　　　　　電子信箱：service@bookrep.com.tw
　　　　　網址：www.bookrep.com.tw
　　　　　郵撥帳號：19504465 遠足文化事業股份有限公司
　　　　　客服專線：0800-221-029
法律顧問　華洋法律事務所　蘇文生律師
印　　製　博客斯彩藝有限公司
初版首刷　2021 年 11 月

9789863845119(實體書)
9789863846093 (PDF)
9789863846109 (EPUB)

國家圖書館出版品預行編目（CIP）資料

不知為何，我就是覺得會爆紅！韓劇王牌編導拆解 20 年經典神劇的爆紅公式 / 孫正鉉作；尹嘉玄譯 . -- 初版 . -- 新北市：野人文化股份有限公司出版：遠足文化事業股份有限公司發行，2021.11
　面；　公分 . -- (野人家；214)
譯自 : 나는 왠지 대박날 것만 같아 ! 20 년차 드라마 PD 가 알려주는 하이퍼 리얼 현장중심 드라마 작법 노하우
ISBN 978-986-384-511-9(平裝)

1. 電視劇本 2. 寫作法

812.31　　110005948

野人文化官方網頁　野人文化讀者回函

不知為何，我就是覺得會爆紅！

線上讀者回函專用 QR CODE，你的寶貴意見，將是我們進步的最大動力。

作者序

十年前，當我還自認是一尾活龍、對體力超有自信的時候，我加入了一支足球隊，這支球隊是由幾名足球愛好者組成，取名「Artist United」（藝術家聯盟），是不是很浮誇？哈哈！對男人來說這種派頭至關重要，球隊裡的成員有「動物園樂團」（동물원）金昌奇（김창기，音譯）、唱〈人比花嬌〉（사람이 꽃보다 아름다워）的歌手安致環（안치환）、〈在無邊曠野上〉（광야에서）的作曲者文代賢（문대현，音譯）、大學民謠樂團「尋找歌曲的人」（노래를 찾는 사람들）等音樂奇才。當時我認為這是一個不容錯過的絕佳機會，因為可以認識到大學時期仰慕的那些音樂人，更何況國小時期我還是出了名的最強前鋒，所以深信自己絕對不會是球隊裡的老鼠屎。

結果第一天上場比賽後，唉……我徹底陷入了恐慌狀態，因為他們的球藝高超，呈現著英超聯賽上才會看到的二過一技術，靈活自在地運球、帶球，而且他們體力異於常人，我之前簡直太小看大家了，也因此成了不折不扣的老鼠屎。最終，曾經自以為是「梅西」的我，不僅連球都傳不好，還一直心心念念著：「拜託不要傳球給我……」就這樣提心吊膽地結束了短短十五分鐘的上場機會，被教練換下場。

回到家之後，我抄寫了俞弘濬（유홍준）教授的著作——《我的文化遺產踏查記》（나의 문화유산답사기）第六冊裡的一句話，並張貼在書桌前：

「人生到處有上手」。

這句話意指人外有人、天外有天，不要太驕傲自負，要懂得謙卑虛懷。

這樣的我如今有幸出了這本書，而且還打著「韓劇製作方法」如此龐大的旗號，在我看來，「無知者無畏」這句話恰巧就是在形容現在的我。

其實我從二〇一二年到二〇一九年，在「韓國放送作家協會」教育院開過四次編劇課程，見過許多滿腔熱血一心想成為電視編劇的學員。有些學員，儘管我曾建議他「你雖充滿熱忱，但才能欠佳，還是盡早轉換跑道比較好」卻仍在五年後成功出道成為編劇；有些學員，則是我曾這樣鼓勵她「遲早有一天，妳一定會成為像盧熙京（노희경）、李慶熙（이경희）、金圭莞（김규완）一樣傑出的編劇，就算遇到任何困難也要記得千萬不要輕言放棄」最後卻消失無蹤，現在連個人影都見不著，也打聽不到任何消息。

我也有遇過明明只要再加把勁就能如願成為編劇的學員，卻找我抱怨：「老師，您當時為什麼沒有直接叫我放棄，不要再執迷不悟。」偶爾也會有學員跑來向我吐苦水：「我實在不曉得該不該繼續走這條路。」每當想起他們的煩惱，我同樣也會像個迷路走失的孩子猶豫徘徊。

所以這本書其實是為這些學員所寫的「懺悔錄」，是我對於自己過去以導演、講師之姿到處招搖撞騙，自以為是述說著電視劇應該要這樣、那樣呈現所進行的檢討反省。

對了！還有一件事，基於希望能讓目前剛立下志願成為電視編劇的學生們，不要走太多冤枉路而出這本書，我希望這本書能成為適當且有效的指引，所以我會盡可能使用現場術語、不多做修飾包裝，彷彿對著眼前的學生說話般用親和力十足、口語話的方式撰寫，偶爾也會出現一些責罵，所以就算有些句子看似比較無禮，也請各位多多包涵，歡迎不吝批判指教！

我想要向總是在社會風波中抓住我、使我不受影響的祕密組織「紳士的打擊」，以及我的祕密工作基地「平常咖啡廳」老闆，還有義不容辭答應我接受訪談、協助分析作品的朴才範（박재범）、鄭賢珉（정현민）、元宥晶（원유정）、鄭由菁（정유경）、李正銀（이정은，以上姓名皆為音譯）編劇行三跪九叩之禮，以表心中滿滿謝意。

最後，我也想對至今仍在現場、工作室裡，為韓劇的發展努力不懈、咬牙奮鬥的所有編劇及導演，獻上最熱情的掌聲以示鼓勵。

二〇一九年八月於上巖洞工作室

孫正鉉敬上

推薦文

以前老一輩的人總說，為了維持穩定生計，必須要有一技之長，所以我選擇鑽研寫作這項技能，作為我的生財工具，但是正如我的預期，這一路走來並不容易，要是當初有一本寫作指南書，也許就能更明確地直搗核心。當然，這種話乍聽之下雖然很像功力不足的學生找藉口，卻也的確是當初迫切渴望的需求。如今，我終於找到了這本夢寐以求的指南書。

這不僅是「備忘錄」，也是具有生命力的「技術書」，藉由一名導演長年與編劇溝通所獲得的珍貴紀錄，融合著豐富的現場經驗與現代式寫作方法，用極具臨場感、簡單明瞭、機智幽默的口吻介紹劇本寫作方法，是一本絕對不只讓讀者用眼睛閱讀理解，也能隨時隨地翻閱察看的實用說明書。

——電視劇《善良醫生 Good Doctor》（굿 닥터）、《金科長》（김과장）、《熱血祭司》（열혈사제）編劇朴才範

孫正鉉導演是我在ＳＢＳ電視臺工作十七年來經常一起喝酒的前輩之一，我總是喊他：「正鉉哥！」這位大哥每次都是在黑膠唱片音樂酒吧裡喝酒，彷彿少了黑膠唱片就稱不上是酒吧似地。他也毫不在意他人眼光，用店裡的吉他即興演奏，哼唱民謠或金光石（김광석）的歌曲。那樣的畫面還歷歷在目，豈料如此浪漫的前輩竟然還出書了！

電視劇的劇本是為大眾而寫，但是誠如作者所言，大眾的心就好比剛決定要移情別戀的愛人，如果要成功挽回他們的心，就必須絞盡腦汁、煞費苦心才行。世上有數以萬計變了心的愛人，讓他們回心轉意的方法也不計其數，所以沒有一定的答案，只能試著去面對每一瞬間老天安排給你的道路。今生你我都是第一次，面對到的事物也都是第一次，就算年紀再大也不例外。衷心建議各位不妨趁此機會與這本書相遇。

——電視劇《來自星星的你》（별에서 온 그대）、《樹大根深》（뿌리깊은 나무）導演張太侑（장태유）

大善人孫正鉉，他居然出書了。
這本書滿是孫正鉉這個人的人味。
我完全知道他是多麼美好的人。

——演員孫賢周（손현주）

目錄

·——第三章　結尾——·

·——附加內容——·

前言

電視劇是人類學亦是人生學

對不起，我曾經仗著自己是導演，對立志想成為電視劇編劇、連開始都還沒開始的你，給了太多自以為是的建議，為此，我深刻檢討反省。

我甚至還說過「你知道為什麼汝矣島經常在深夜裡起霧、漢江的水位上漲到西江大橋時會突然飆升嗎？那都是因為有你這種編劇志願生眼淚氾濫成河導致」這種狗屁不通的謊言，也曾語帶威脅地撂過狠話：「你以為電視編劇是阿貓阿狗都能當的嗎？你知道有多少人就算成為編劇也沒有劇組可以加入，整天只能在家裡喝西北風、啃手指嗎？這些人多到足足能占滿整個光化門廣場，甚至蔓延到廣場外。」還用過幼稚至極的臺詞來妄下定論，「最後你很可能淪為汝矣島編劇教育院裡的廢人，死後則成為不斷在金山大廈四樓徘徊的孤魂野鬼。」

嗚嗚……每次只要自我反省，眼淚就會流個不停……也許是到了半百的年紀，身體開始過度分泌女性荷爾蒙所導致吧。

不過保羅．柯艾略（Paulo Coelho）[1]大哥曾說：「人生如同做菜，若想要知道自己喜歡什麼，就要先吃過那道菜才行。」

其實我們家的家訓上就有寫著：「不要擅自評論、干預別人的人生！」假如我對你這樣一派胡言、出言恐嚇，你還是堅持要做電視劇編劇的話，那我也攔不住你。但我之所以想盡辦法阻攔你，只是想表達做這行真心不容易。

有些人是因為被誇文筆好，所以原本打算走文學小說或詩篇創作之路，卻發現這是門檻高、又可能養不活自己的領域而猶豫不決，最後打退堂鼓。後來在家裡收看電視時，才注意到電視編劇這個行業，總覺得入門門檻沒那麼高，說不定還有機會一夕爆紅，便萌生踏入這行的念頭，甚至抱有「要是我來寫一定會紅」的想法。

但其實這行並沒有想像中容易，很可能更難也不一定，因為文學是作者與讀者一對一交談，但電視劇是面對不特定多數所進行的視覺化說故事手法，上自青瓦臺高層，下至首爾火車站外的流浪漢，任誰都有機會收看電視劇。

因此，我的那些威脅只是想強調，假如你是用「我也來寫一部電視劇試試看？」的心態和精神踏入這行，那麼是絕對不可能成功的，別想得太美了！

---

1 作家，代表作為《牧羊少年的奇幻之旅》。

總之，話就說到這裡吧。

「既然我說了那麼多自以為是的風涼話，也對此深感抱歉，那就來傳授你如何成為像金銀淑（김은숙）[2]或金榮昡（김영현）[3]編劇那樣坐領天價稿酬、受大眾喜愛的王牌編劇好了。」要是接下來我這樣說該有多好，但你不覺得這樣實在占我太多便宜嗎？更何況這種祕訣課程光聽一兩次也不可能立即見效。

已經從事電視劇半又半個世紀的我，至今都還是覺得做電視劇好難，大眾的心就好比剛決定要移情別戀的愛人，如果要成功挽回他們，必須要絞盡腦汁、煞費苦心才行。

不過趁此機會，我們不妨一起來腦力激盪吧，既然電視劇是人類學也是人生學，我又怎麼可能全然了解呢？我只是想把自己在片場及課堂上經歷過的事情娓娓講述給你們聽。也許你們聽著我的故事，能找到一些需要的內容也不一定。

---

2 知名編劇，代表作品有《太陽的後裔》、《孤單又燦爛的神——鬼怪》、《陽光先生》……等。
3 知名編劇，著名作品有《善德女王》、《清潭洞愛麗絲》、《阿斯達年代記》……等。

第一章

開頭

他從未放棄寫作，最重要的是，他保有身為編劇最重要的特質—「對人的憐憫與愛意」。

#scene01

一些不必要的問題

剛入這行會有的各種疑難雜症

首先，在進入正式的創作技巧分享之前，先來看看有哪些問題根本是多餘的吧！我不會評論你提問的問題素質好壞，所以儘管提問無妨，沒關係，我讓你盡量問。

什麼？有沒有編劇和演員看對眼，甚至步入婚姻的案例？

呃……

知名編劇年薪大概是多少？

呃……

怎麼才一開始就問這麼辛辣的問題，我們還是要保有身為電視劇創作人最基本的格調才對吧，這些問題我們可以等之後私下再聊，先來看看過去在課堂上演講時最常被學員問的問題吧！

Q：請問最推薦哪一本劇本寫作書？大概要讀幾本才算足夠？

劇本寫作書，嗯，通常一開始都會選擇閱讀這類書籍，然後很快就會掉入自己彷彿也很容易成為編劇的錯覺裡，然而，事實絕非如此，電視劇不同於考試，就算閱讀大量的劇本寫作書，也絕對不可能讓你的文筆行雲流水。

再加上閱讀這種書有一個致命缺點：你能完全理解書中提及的那些重點，可是真正需要用的時候，就算閱讀過那些書也寫不出劇本，所以讀完會感到很空虛，卻又不能不讀，因為不讀會有罪惡感。在此，我只想推薦你兩本書，都是非常優秀的劇本寫作書。

一本是布萊克・史奈德（Blake Snyder）的《先讓英雄救貓咪！你這輩子唯一需要的電影編劇指南》（*Save The Cat! : The Last Book On Screenwriting You'll Ever Need*），另外一本則是沈山（심산）的《韓式劇本寫作》（한국형 시나리오 쓰기，目前無中譯本），這兩本書的優點是作者都不臭屁，也不走學術理論路線，以現場用語、不多作包裝的直白語言進行說明。前者是劇本結構「三幕劇理論」的進階版，後者則收錄了從事劇本演講逾二十年的沈山大哥其寶貴經驗與祕訣。

什麼？你說這兩本都不是電視劇而是電影劇本寫作書？

的確，以前大家會把電影和電視以熱媒體和冷媒體等方式做區分，但如今這種分類早已變得毫無意義。因為隨著「連續劇」逐漸消失，在創作電視短劇或迷你連續劇時，就必須以電影劇本寫作的思維來發想，這樣才有辦法擄獲觀眾的心，電視和電影唯一不同的是，前者是和父母、堂表親一同觀看，因此，過度殘忍、煽情或超越社會世俗倫理道德的內容會比較不宜播出。

假如閱讀完這兩本書以後，內心還是覺得不踏實，想再讀點什麼的話，我會推薦你頂多再補充一本，隆納．托比亞斯（Ronald Tobias）的《擄獲人心的二十種故事情節》（*20 Master Plots: And How to Build Them*），不過這本建議你讀前半段就好，後半段內容比較過時又枯燥乏味。

Q：有些老師會建議我們多讀一些古典文學，不曉得該讀幾本才足夠？

閱讀古典固然好，不花錢又能耍帥，但重點是古典好無聊啊！超級無聊！你看這份首爾大學列出的「必讀古典一百本」：

《唐詩選》（包括李白／杜甫詩選）、《紅樓夢》（曹雪芹）、《魯迅全集》、《活動變人形》（王蒙）、《心》（夏目漱石）、《雪國》（川端康成）、《伊利亞德》和《奧德賽》（荷馬）、《變形記》（奧維德）、《古希臘悲劇選集》（包括索福克勒斯等劇作家）、《神曲》（但丁）、《希臘神話》、《莎士比亞》（包括哈姆雷特、馬克白、暴風雨、皆大歡喜等）、《遠大前程》（狄更斯）、《青年藝術家的畫像》（喬伊斯）、《頑童歷險記》（馬克·吐溫）、《荒原》（T·S·艾略特）、《包法利夫人》（福樓拜）、《追憶似水年華：在斯萬家那邊》（普魯斯特）、《人的命運》（安德烈·馬爾羅）、《浮士德》（歌德）等。

呼——怎麼可能讀得完這些書？還是留給那些立志要當教授的人去讀吧。

既然做任何事都免不了要吃苦，那麼不如去做自己真心覺得有趣的事情，這樣才會心甘情願地一做再做，久而久之，也自然會迎來出頭天。

我的建議是一定要選你認為有趣的書來讀，古典也要盡量避免選擇過度思辨、傳授觀念的類型，盡量選史記或有趣的故事來讀。比方說像《基度山恩仇記》（Le Comte de Monte-Cristo）這種古典文學我就很推薦，因為是復仇劇的代表，事實上我認識的一名編劇就是在寫復仇劇時如果遇到瓶頸就會讀這本書，從中找尋靈感；另外像《安娜·卡列尼娜》（Anna Karenina）則是四角戀、癡情劇的代表。

因此，我會建議像這樣依照不同類型，找出一本你最感興趣的古典文學，並製作成一份專屬於你的古典文學閱讀清單，讓自己在寫不出東西或寫到一半靈感消失時隨手取閱。

Q：最近在各種徵選活動上都是以迷你連續劇為主流，我也滿想要嘗試寫寫看這種類型。

雖然你的勇氣可嘉，但是以你目前的狀態直接挑戰迷你連續劇創作，這就和才剛開始學彈奏〈小蜜蜂〉鋼琴譜的人，突然說要去指揮管弦樂團是一樣的，寫作其實也需要肌肉，你必須先練出這樣的肌肉才行，就算再怎麼心急，也會強烈建議你先寫短劇劇本，至少先寫四部以上飽受好評的短劇，再挑戰分拆成上下兩集的電視劇，像這樣循序漸進式地培養寫作肌肉，至於迷你連續劇的部分我會在本書結尾處做進一步的說明。

Q：在您看來，我是否具有電視劇編劇的資質呢？我應該要堅持到什麼時候？

這通常是第一次寫完劇本以後大家最常問的問題。「哇，太驚人，太驚人了！你之前到底是躲哪裡去了，怎麼現在才出現！第一部作品竟能寫得如此之好，根本是百年難得一遇的奇才！」

我相信所有人一定都曾期待過老師會給予這樣的反應，但世間哪有這麼好的事情，這只是百分之〇．〇〇二的機率。

什麼？我這樣說未免也太不給人希望？嗯……雖然我死都不想被人說我倚老賣老，

但我也是在你這個年紀開始寫劇本的，你都不曉得我當時寫完第一部作品有多開心，覺得自己實在太了不起；等待評審給予評價時，內心也有多麼的緊張、雀躍，甚至還沉浸在「要是評審說我是編劇天才的話怎麼辦？要刻意保持謙虛嗎？還是不當導演當編劇就好？」等自戀的幻想裡。

結果呢？

唉……當天遭受到的屈辱至今仍難以忘懷，就算想忘也忘不掉，因為評審簡直把我的劇本批得一文不值，連一條抹布都不如，當我開始對那些否定我劇本的不特定多數心生戒備之後，我甚至開始咒罵這個世界：

「真希望這世界沉入海裡……」諸如此類的可怕念頭開始出現。

「ＸＸＸ——（消音過的詞彙就請自行想像），你們這些不識貨的東西，居然認不出我這樣的天才。」

有些人把「一萬小時定律」掛在嘴邊，有些人則說寫作是靠屁股進行，不過我自己下的結論是：「沒人能說得準」。

以前我在指導學生時，的確也有脫口而出一些自以為是的發言，諸如你沒有編劇的資質、別再浪費生命趕快轉換跑道等，但是後來都出現了驚人的結果。

五年前，我指導過一名學生，當時我對他的評語是「機會渺茫，趕快轉換跑道為上」，從此以後也徹底忘了他的存在；然而就在五年後，他的作品竟然被網路電視劇徵選活動錄取，並抱回網路小說獎等獎項，風風光光地正式出道成為電視劇編劇，我看著他，再次體悟到我們家的家訓之偉大：

「不去擅自評論、干預別人的人生！」

這名學生儘管在編劇志願生時期受盡委屈、得到令人絕望的評語，依舊不減他對電視劇的熱情。他從未放棄寫作，最重要的是，他保有身為編劇最重要的特質——「對人的憐憫與愛意」。

當你懂得享受寫作的殘忍與痛苦，或者堅持到能夠體會那種痛苦的喜悅時，會不會就能看見自己是否具有編劇的資質呢？也許到時候你會比誰都還要清楚知道自己是否該轉換人生跑道。

朴贊郁（박찬욱）導演曾在某段訪談中提及，某天他的孩子問他：

「爸爸，我們家的家訓是什麼？」

於是導演想了一會兒，動筆寫下一句話。

「不對就算了！」

孩子的班導看見這句話想必一定很錯愕，在那麼多名言當中竟然選擇用這句「不對就算了！」作為家訓，怎麼會有人用如此助長失敗意識的話作為家訓。

朴導演曰：「人生中會使你受傷難過的事情何其繁多，假如你剛好也擅長喜歡的事情自然是最幸運的，但人生終究還是難過多於快樂，所以如果都已經盡了全力卻得不到好結果，與其走上麻浦大橋做傻事，不如放聲大喊：『不對就算了！』我們需要的是這種能夠說放就放的豁達。」

這是一種人生洞察，勸人用相對輕鬆的角度去看待「堅持到底的勇氣」，但也不乏有人會濫用這句話，在未盡全力之時，遇到一點小挫折就輕言放棄，告訴自己「不對就算了！」不不不，我絕對不是這個意思。你自己一定也心知肚明，究竟是已經卯足全力，還是只是故作盡力。

#scene02

消除寫作恐懼的四種方法

培養寫作實力

接下來我想談談消除寫作恐懼的方法。

儘管現在的你因為意欲旺盛而感覺自己好像什麼東西都能寫得出來，一旦正式坐在電腦前，卻又會開始看一些演藝圈名人八卦、斗山熊隊[1]精彩回顧，再用社群軟體聊聊天，然後發現自己無意間已經在瀏覽前任情人的臉書。

「我過得如此痛苦，你怎麼好意思活得如此開心？」

「居然這麼快就交了新女友，沒良心的傢伙！」

於是寫作的精力也被消磨殆盡。明明一開始是打算寫劇本的，最後竟然連一句都寫不出來，只能對著不停閃爍的滑鼠游標乾瞪眼，脾氣較差的人則是對善良又無辜的家人無端發火。

也不曉得為什麼，偏偏在寫劇本的時候總是飯局邀約不斷，這用人文學專業術語來講，就叫做「寫作抗拒現象」或「寫作恐慌現象」，不過你不需要對此感到害怕，因為任誰都會經歷這樣的現象，非常正常，你必須先克服這點才行。

我應該有說過「寫劇本也需要肌肉」這件事吧？你必須先鍛鍊好基礎體力才行，就如同彈吉他要先練出手指肌肉才有辦法從C切換到F和弦一樣。

就像歌手宋昌植（송창식）……等等，你不知道宋昌植？那你應該知道歌王趙容弼（조용필）大哥吧？宋昌植是唯一一位可以和趙容弼大哥匹敵的歌手，雖然這可能有點扯遠了，但我應該是第一個這麼說的人。而據說趙容弼大哥面對記者提問誰是他的勁敵時，曾經羞澀地回答：「金民基（김민기）」。

嗯？你說金民基又是誰啊？這……欸！你好歹也要知道金民基吧，不論是念韓國現代史還是文化藝術史，都一定會出現這號人物的啊！

好吧，那這樣說好了，你在光化門廣場上參加燭光集會時唱的〈晨露〉（아침이슬）那首歌就是金民基作詞作曲的。

什麼？你問我知道BTS有幾名成員嗎？你現在是在公然挑釁我嗎？再怎麼說我也比你大二十幾歲欸！

1 韓國職棒球隊。

「你是學生，我是老師！」（用韓劇《羅曼史》（로망스）[2]裡金荷娜（김하늘）的口吻大喊。）

總之，宋昌植大哥直到現在都還是會每天早上抱起吉他，跟著節拍器噠噠噠噠……噠噠噠噠……噠噠噠噠地刷弦，日復一日地勤勞練習，這其實是剛開始學吉他時會進行的基礎訓練，但寫劇本也同樣需要這樣的鍛鍊。

以下是我開給你的四種「克服寫作恐懼」處方箋：

一、抄寫

每天空出一段時間抄寫你最喜歡的短劇劇本，就算只是寫一個段落的劇本也好，不論日子過得再忙，至少也要抄寫一場戲，每天持之以恆地打卡練習！

因為只要反覆抄寫同一個劇本，不知不覺就會養成編寫表演提示的方法、劇本架構的節奏感、臺詞設計等技能。

另外還一種方法也不錯，那就是抄寫一整部迷你連續劇，不過唯一需要注意的是，不要挑太專業的作品來抄寫，最好是兼具作品性與大眾性的作品，這樣對自己的精神健康狀況也比較好。

我在電視劇編劇課程上強力推薦的抄寫作品是：鄭有慶（정유경）編劇的《未婚妻的

故事》（내 약혼녀 이야기），這是史上第一部有粉絲後援會的短劇，紅極一時的作品。

除此之外，我也推薦李慶熙編劇的《素英她母親》（소영이 즈그 엄마），現在重新看還是覺得很催淚，還有一部是《我的女人的故事》（나의 그녀 이야기），這是我的心靈伴侶權基榮（권기영，音譯）編劇的作品，故事內容在講述一對罹患愛滋病戀人的故事，讓我留下「怎麼能從這種題材發展出這種感動？」的敬佩印象，這些都可以堪稱是短劇的經典。

二、臉皮要厚一點

你必須對旁人的眼光不為所動，維持「反正我一無所有」、「寫劇本這個領域本來就沒有天才」、「孫正鉉導演也是在沉潛期出過超多糗」、「別人對我的作品根本沒那麼在意」等諸如此類的心態。

三、養成作筆記的習慣

這也是一項必須養成的好習慣。有時我會遇到這樣的人：

2 MBC電視台二〇〇二年播出的水木連續劇，改編自日劇《魔女的條件》。

「我從來不作筆記，為什麼呢？因為珍藏的東西是不容易遺忘的。」

然而，不幸的是，你無法和這種人攀比，所以要是在哪裡聽到有趣的故事，一定要趁記憶猶新時趕快記下來，只要有什麼靈感或好點子值得做成連續劇，就要隨時隨地作筆記，不論是寫在咖啡廳裡的餐巾紙上，還是向隔壁桌的人借筆，或是利用手機備忘錄記住都好，總之一定要把握機會記下來才行。

像這樣一點一滴記錄下來的靈感，遲早會成為讓大家刮目相看的劇本。有些人甚至主張一定要用手寫記錄，但我會認為還是看個人偏好，使用任何工具都無所謂。

四、去看失敗的作品

這其實可以看個人選擇，偶爾不妨選一部已經播出卻石沉大海的連續劇來看，然後開始盡你所能地瘋狂批評。

「到底編劇和導演是誰啊？瘋了嗎？怎麼會拍出這種爛劇？那麼多的製作經費到底都花到哪裡去了？我看就算是由我來寫，都能寫得比這精彩一百倍。」

就是要靠這樣的方式去培養那份沒來由的自信，但也不需要特地去找我的失敗作品來看，你應該明白我的意思吧？畢竟我也是人，人心總是肉做的，你要是這麼做，我會對你小小失望喔！

以上就是我提供的四種處方箋，各位可以自行挑選自己合適的來服用。

對了，為了以防萬一，我先提醒各位一件事，有時我會看見有些人為了展現自己的魄力與決心而辭掉工作、暫停手邊一切事務，徹底投入編劇養成這件事，但是我強烈呼籲各位，千萬不要如此衝動，拜託先冷靜、冷靜。你受夠了為五斗米折腰、受夠了工作上的無聊與辛酸，這些我都能理解，但真的還不是時候，每一份工作絕對都是神聖的。

等時機成熟，你一定會自然而然面臨到考慮是否該成為全職編劇的時候，假如你現在就遞辭呈，頓時就會變成家裡的米蟲而非眾所矚目的編劇志願生，很容易浪費時間在煩惱「我到底為什麼要過窮苦日子？」這種攸關生計的問題，導致無法專心投入劇本創作，身體也會壞得一塌糊塗。

你必須切記，人的身心是一體的，所以最基本的經濟條件一定要維持在穩定的水平才行，既然連續劇是來自生活中的經驗與人生深度，不論現在的你是在做什麼工作，都希望你可以把它想成是有助於劇本創作的事情。

實際上我也有認識一名編劇，他在二手車行已任職多年，沒想到他將這樣的工作環境作為劇本時空背景，寫成了一部迷你連續劇，最後還被製作單位選中，預計今年正式成為電視劇編劇。

#scene03

電視劇是靠劇本概念

從孫導的黑歷史來看不會紅的電視劇類型

好吧，那麼接下來終於要來談談關於電視劇概念的設定方法，也就是去設定「到底要講什麼故事？」「要談什麼樣的主題？」「談誰的故事？」等在劇本寫作書裡，設定劇本概念的百百種方法，但那些只要當參考就好。

首先，我先來說說過去一個人寂寞孤單的創作之路，我其實也曾懷抱過遠大的夢想，寫過電視劇的劇本。

這其實是我一直都很想要隱藏的一段黑歷史，你問我為什麼要聽我說這些廢話？拜託你還是聽一下吧，我相信這些都會成為你的創作養分，畢竟小說家梁貴子（양귀자）大姊不是有說過這麼一句話嗎：「唯有靠他人的不幸才能獲得安慰，這就是人類。」

關於三十歲，詩人崔勝子是這樣說的：

「當你無法這樣活也無法那樣死的時候，正好迎來三十歲。」

光石哥則是這樣唱的：

「又失去了一天，每天都在與人道別。」

這樣的三十歲，戀愛也總是有緣無分。唉，為什麼當時連談個戀愛都那麼不順呢？要是現在的我一定能如魚得水……，哎呀！我這是在說什麼呢，總之在我的而立之年，人生走得磕磕絆絆之際，對我的青春感到罪惡愧歉之時，我下定決心，絕對會寫出一部連續劇！

當時的我非常熱衷於崔勝子的詩，所以決定把充滿詩意的這份心寫成一部連續劇，於是我先設定了故事前情提要（logline）。

前情提要：一名因IMF危機[1]慘遭裁員的文藝青年上班族，偏偏在酒店裡遇見初戀情人，但對方早已改變太多，導致沒能第一時間認出她來。

猶記當時我是以電影《青魚》（초록물고기）為範本，把男主角設定成原以為三十歲人生將走上康莊大道，沒想到卻過著苦情卑微的日子，就連初戀情人都悲情的被資本主

1 一九九七年，韓國瀕臨破產危機，於是向IMF世界貨幣基金組織貸款，簡稱IMF危機。

義摧殘，過著墮落腐化的生活。完成這部第一份劇本的那天凌晨，你都不曉得我有多麼欣喜若狂。

我獨自沉浸在「這個世界會不會很慶幸有我這樣的天才編劇誕生？要是大家開始稱呼我某某編劇的話該如何是好？」等各種不切實際的煩惱裡。

什麼？光從前情提要來看就覺得是一部很無聊的劇？好吧，的確是滿無趣的……我終於能承認這件事了。

其實每個人寫的第一部劇都是如此。就像我先前說過的，這份劇本被批得一文不值，所以現在連故事內容都已經不太記得，這是第一個使我罹患創傷後壓力症候群的作品。

還是跳過這段好了。不過也是藉由那次經驗讓我學到了一課：一定要有「非把這個故事寫出來不可」的信念和感動，劇本才會被成功寫出來。

我寫的第二部劇是以電視臺為故事背景，我當時心想，只要把親身經歷過的事、後臺故事、一般大眾不為人知的故事寫出來，一定能引發迴響，所以就連劇本名稱都取作《敬藝術家們》（아티스트를 위하여），是不是聽起來很不錯？

當時我也沉迷於詩詞，尤其是尹棟柱（윤동주）《容易寫成的詩》（쉽게 쓰여진 시）裡的一句話：

「人生苦短，詩卻容易寫成，這樣可好？」

所以我的第二部作品就是從「人生苦短，電視劇卻一部接一部推陳出新，這樣可好？」的自責感出發，並從中找尋「到底何謂真正的藝術？」的答案。什麼？覺得太好高騖遠？欸，拜託，那個年紀都是這樣，想要讓自己看起來肚子裡有點墨水、博學多聞、有兩把刷子。

在我還是助理導演的時候，我就像社會新鮮人一樣，總是會面對現實與理想之間的差距並對此感到挫折，儘管現在的片場已經開明許多，但在當時可是如履薄冰，負責臨演和道具的工作人員基本上從未被當人來看待過，整個片場充斥著髒話與謾罵，簡直亂成一團，滿是自私自利的導演和演員，以及累得像條狗一樣的工作人員。總之，我當時就是想把這些不為人知的片場實境寫成劇本。

因此，這部劇主要就是講述工作人員在這種惡劣的片場裡忙進忙出，負責道具的老么又因一場意外不幸受傷，對於能將金承鈺（김승옥）的小說《霧津紀行》（무진기행）倒背如流的導演來說，只認為是小事一樁，見怪不怪，最終，在歷經幾番波折之後拍攝終於殺青，收視率也表現亮眼，但是看著臥病在床的道具組老么，不禁心想：「也許你才是真正的藝術家。」大致上就是這樣的劇情。

雖然中間的小插曲都穿插得不錯，但整體來說還是過於發散難以聚焦，再加上主角是設定為助導，所以比起做出實際行動，往往都只有表情反應，而且一直駐足在觀察者的立場，所以閱讀完劇本以後大部分人的反應都是「故事情節滿有趣，不過這部戲想表達什麼？」

心得：果然主角一定要好管閒事才行，一定要讓他對某些事情很積極、有欲望，才會衍生出衝突和爭吵，這樣也才有看頭。

坦白說，寫完第二份劇本以後我也有點被惹毛。「拜託別再批評了，第三部作品一定會讓你們刮目相看！」於是我在這樣的決心下，推出的王牌作品是《學士酒店手拉車》（학사주점 달구지）。

前情提要：已過世的學運圈學長，成為鬼魂回去找當時那些朋友，但他並不曉得自己已經死掉的事實。

身為證券公司王牌業務，不知從何時起，開始耳聞宗鎬哥會出現在同學之間的消息，他明明早在十年前就已經在軍中不幸身亡，一定是大家在胡說。直到某天傍晚，我為了業績做了出賣良心的事情、喝到爛醉，我才相信這一切不是謠言，而是千真萬確的事實，因為真的看到了他，他就站在我面前，甚至不曉得自己已經成為鬼魂，還問我最近過得好不好。

我原以為只是一場夢，沒想到自那天起，他就一直出現在我周遭，對我述說家鄉父母的故事、示威抗議的事情、舊情人的點滴，而且我連運動的時間都沒有，這位老兄卻老是對我細數他在床上做的那檔事……（中略）。

某天，這位老兄的形體開始逐漸消失，於是我下定決心要幫助他，思忖著他的靈魂要在何處才得以安息？我回到十年前和他有著共同回憶的大學，在校園周遭四處閒晃，走著走著，我走到了當年我們常去的學士酒店「手拉車」，二十歲青春學子高唱著文學、革命與青春的那個地方。然而，這是怎麼回事！學士酒店「手拉車」竟成了三流的聲色場所，最後，我立下了一個瘋狂的心願，決定投入畢生積蓄來將那間店重新改回學士酒店「手拉車」。

最後的結局是宗鎬哥從那間煙霧瀰漫的學士酒店重生，朴鍾哲（박종철）、李韓烈（이한열）、金圭靜（김귀정，音譯）、全泰壹（전태일）等這些參與過民主化運動的先烈們也都重生。

這是我大學時期最敬愛的一名學運圈學長的故事，除了我已逝的母親外，他是我見過心地最善良的人，最後卻不幸在軍中逝世。

這部作品是要獻給他的，所以我是以悲壯的心情編寫這份劇本，而且是從詩人奇亨度（기형도）的十周年追悼散文中獲得靈感，以電影《夢幻成真》（Field of Dreams）為參考範本。

由於當時正值電影《靈異第六感》（Six sense）上映，這部電影叫好又叫座，所以也徹底打壓著同行選手們的士氣。

還有一件事情令我對這部作品印象深刻，因為當時收到的一些反應還不錯，讓我重拾了一些自信，而當時我也剛好在和一名從事音樂評論的女子曖昧，心想一定要趁此機會好好展現自己，於是就把劇本拿給她看，原以為這份劇本會成為戀愛的加分題，然而我萬萬沒想到，這次竟然會遭到自己最信任的女子狠批劇本（吐血），可能因為她自己也是文字工作者的緣故，所以在評論我的劇本時才會太過於直言不諱。

你問我結果如何？我這輩子最恨那些批評我劇本的人了，她又怎麼可能例外呢？所以自然是沒結果囉！唉，她其實是個不錯的女孩，不知道現在過得好不好……。哎呀！你看我都扯到哪裡去了，真是的！

總之，如今回頭看這部作品，感覺只有被當時正面看待學生運動的人喜歡。在那個時期，這種後日談文學作品的確也有流行過一段時間，但是製作成電視劇的話觀眾群實在太狹隘，更何況我也有點過度強調個人主觀的主題意識——「當年那些人都很勇敢」，其實編劇應該把想要傳遞給觀眾的主旨自然融合進作品裡才對，我卻有點用力過了頭，直接對著觀眾搖旗吶喊。

心得：千萬不要藉由主角的嘴巴直接喊出編劇想要傳達的主題意識！

隨著上述這些經驗不斷加累，心底的那股好勝心也逐漸被點燃，與此同時，我也愈來愈覺得寫劇本是一件有趣的事情，「原來編劇圖的就是這份滋味啊！」然後在遇到瓶頸順利解決、凌晨為劇本畫上句點時，也會感受到前所未有的那種既痛苦又爽快的感覺。也許這就像玩重金屬搖滾的人在音樂裡所感受到的那種爽感吧！所以我便打鐵趁熱，馬上又寫了一部新戲。

我下定決心，這次一定要寫出像《世界上最美麗的離別》（세상에서 가장 아름다운 이별）那般感動無限的作品！

其實當時是對自己滿有信心的，因為我打算把家人的故事寫成劇本。

劇本概念是酒精成癮的父親與兒子從不睦到和解的過程，而且還分上下兩集，當然，我是以筆名參加劇本徵選活動的，為了取筆名我還苦惱了整整一個星期，最後取作「創作集團發光之路」，怎麼樣？這名字很響亮吧！

劇情開頭是父親在母親的告別式上出盡洋相，把告別式搞得雞犬不寧。哥哥重返國外，兒子和父親兩個大男人的尷尬同居生活正式展開。父親因酒精成癮而與兒子經常起衝突，最後不得已，兒子只好向父親提出訣別宣言，後來一名遠房親戚大哥跑來找兒子，對他訴說了一段父親不為人知的過去。

原來父親當年為了維持家計吞了不少委屈，沒有工作時，為了找一份養家餬口的工作而煞費苦心。「嗯，的確應該吃足了苦頭。」兒子一開始還對父親感到有些憐憫，但是隨著父親一段時間沒發作的酒癮又再犯，最終，父親還是罹患了酒精誘發之持續性失智症。

最後，我為了營造出思考到最後一秒都還在做劇本修改的形象，刻意選在徵選活動結束前最後一刻遞交出這份劇本，我驕傲地將劇本交到了主辦單位，還肖想著「要是接到主辦單位的電話聯絡該如何是好？」「要是我的劇本被順利錄取，會不會被當成是內線交易？」等各種不切實際的想法。然而，最終我的電話依舊沒有響起。

「看來我的能耐只有到這裡——」

金光鎮（김광진）的歌曲——〈信〉（편지）裡的歌詞句句扣人心弦，我過了一段行屍走肉、耽溺於酒精的日子，然後痛定思痛地反省了一周，不斷地問自己到底問題出在哪裡？

#scene04

人生故事固然精彩，卻是未經包裝過的內容

電視劇的故事情節要充滿戲劇性

我曾經滿心期待地把寫好的劇本拿給當時一名很要好的編劇看過，她是電視劇《對不起，我愛你》（미안하다，사랑한다）的編劇李慶熙，然而最後卻沒得到任何聯絡。不論是以前還是現在，只要電話沒響就表示石沉大海的意思，所以某天我決定鼓起勇氣，主動打了一通電話給她。

「最近過得好嗎？作品準備都還順利嗎？」

我們寒暄了一下，接著我就單刀直入地問了她重點。

「妳看過我寫的劇本了嗎？」

「啊，有……有看過了。（支支吾吾）不過我有納悶過你怎麼沒把劇本處理得再戲劇化一點呢……」

戲劇化！戲劇化！戲劇化！結論就是這麼簡單，之前寫的三部劇本都是在寫我本人

或我周遭友人的故事，其實應該將這些故事處理得再戲劇化一些才精彩可期，我卻一味地以為，只要把自己遭遇過的事情一五一十呈現就能打動人心，結果事實並非如此。

我當時切身體會到，「果然人生不如我所願」，所以在回歸片場前一百天之際，我下定決心要來重寫一部從商業角度來看戲劇化十足的劇本，讓自己不留任何遺憾。

前情提要：肖想能當老大哥的三流流氓，與不良國小生姪子展開一段甘苦與共的同居期。然而，姪子卻誤以為叔叔是國家情報員！

萬秀一直想要活得風光，所以從此踏上了黑幫這條不歸路，他的同居人是在一場飛機事故中不幸雙亡的大哥大嫂其獨子，但他實在不好意思對一個小孩說「你的叔叔是黑道流氓」，只好說自己是國家祕密情報員，甚至還偽造身分證、隨身攜帶逼真的假槍在西裝暗袋裡。

某天，黑幫老大遭遇突襲，萬秀在一陣驚慌中不經意地用假槍成功救了老大，創下輝煌戰果，一夕之間在黑幫集團裡平步青雲。

他在姪子的學校裡遇見了一名年輕貌美的女老師，對她一見鍾情。一顆心撲通撲通的狂跳！（中略）

最後萬秀的真實身分還是被揭穿了，姪子為此嚎啕大哭，對叔叔感到失望至極，兩人大吵了一架，學校才藝表演當天，孩子沒有勁裝打扮，一身寒酸地站上了舞臺，臺下觀眾竊竊私語，頻頻交頭接耳，議論著這孩子是不是沒有父母、怎麼這麼掃興，與此同時，萬秀因為慘遭老大背叛，正在和幫派成員械鬥。接獲老師電話後，萬秀打敗那些人，急忙奔回學校才藝表演會場……。

劇名：《萬秀的傳說》（만수의 전설）

如今回頭看這劇名取得還真是陽春，到底當時為什麼要取這種劇名……然而，這份劇本反而引發熱烈迴響，甚至讓我考慮要不要以這部劇作為我的出道作品，所以我就抱著這樣的自信，將這份作品遞交到ＭＢＣ連續劇劇本徵選活動上。

後來我就獨自前往邊山半島國立公園，替自己安排了一趟小旅行，幾杯黃湯下肚之後，我重新拿起劇本翻閱，讀著讀著發現十分有趣，甚至不敢想像這竟然出自我手，猶記當時吃下的每一口生魚片和喝下的燒酒都是甜的，害我喝了兩瓶燒酒，暗自竊喜自己在劇本創作方面終於開竅。哈哈哈！

你猜結果如何？我的手機還是沒有響起。

「不可能，難道是剛好被某個白癡評委審核的，所以慘遭淘汰？」

最終，我從「否定」如此殘酷的事實，變成「憤怒」不停咒罵ＭＢＣ電視臺，雖然也曾想過要不要乾脆將其作為我的導演入門作品，但其實我自己也心知肚明，這份劇本的確還缺百分之二，要是堅持使用這份劇本，很容易被人說是濫用職權，所以我想到了一個絕妙對策，「好吧，那就把這部作品交給新人編劇改編，將這缺少的百分之二填補起來！」結果這名大叔竟被改編成了截然不同的作品，故事變得簡單明瞭！

這件事使我內心深處得到了某種開釋，「原來編劇真的不是任何人都能當的，所謂編劇，也許正是前世犯下滔天大罪，來世要來洗刷業障的人。」

我認為自己已經盡情嘗試過寫作，所以沒有留下任何遺憾，重返片場的時機點也恰巧來臨，一切都如命中注定般安排得十分自然，於是我把列印出來的劇本扔進了垃圾桶裡，深怕自己要是看見它又會留戀不捨，所以連同存在筆記型電腦裡的檔案也都一併刪除。不過我倒是滿後悔當初如此絕情，因為要是現在可以呈現給你看，就能拿出來逐一批評，使你自信度大增，哈哈！

啊，真的是太丟臉了，趕快換個話題吧！誰能安慰一下我這千瘡百孔的心靈呢，真想重溫人間處處存在的溫情。

當初電視劇《鋼琴別戀》（피아노）的導演吳鍾錄（오종록）得知我喜歡閱讀詩篇以後，曾在聚餐場合上說道：

「最終，電視劇也會在某個瞬間變成詩裡的一瞬。」

雖然現在是人人排斥讀詩的年代，但是我想要由衷地建議你，如果想要寫出好的電視劇本，就一定要抽空讀詩。什麼？不想讀？好吧，那就算了，等你真的迫切需要時再讀就好，反正那天遲早會來臨。等你寫劇本寫一段時間之後，自然就會領悟到孤單是人生的本質，每個人的人生都不夠風光，等那時候再來讀詩也不遲。

讓我們重回電視劇劇本吧。李慶熙編劇不是對我說：「你怎麼沒把劇本處理得再戲劇化一點？」其實她的意思是，很多人一開始都會像我一樣寫自己熟悉的故事，但是如果你去實地走訪一趟菜市場就會發現，那裡的叔叔阿姨也都會說：「哎呀，要是把我的人生故事寫成小說，三天三夜都講不完。」

寫自己的故事有個優點，因為是親身經歷，所以會寫得十分生動，而且還有自我療癒的效果，所以是很好的切入點，我也會對前來上課的學員們說：「要是真的想不出題材，不妨寫自己的故事，不論是過去經歷過的傷痛和陰影，還是值得寫成劇本、深埋在內心已久的故事，抑或是非寫不可、寫了才能徹底放下的那種人生故事都可以。」

不過就像我先前所說的，自己在寫劇本時往往會邊寫邊被自己打動，總覺得這次一定能成功，但偏偏電話就是永遠不會響起，那麼這時你就應該認真思考一下，會不會和我一樣問題出在「戲劇化」。

電視劇裡的「戲劇化」，雖然出自個人經驗，但是為了獲得普羅大眾的感同身受，「你」就不能只是那個要拿錢來借你的人，必須是單戀對象才行。

開放式解讀是詩的最大特色，但是電視劇劇本是以「視覺化說故事手法」呈現，所以如果要寫成電視劇，「你」就只能設定成單戀對象，我相信這就是「戲劇化」的力量。

身為一名電視劇編劇，與其將自身經歷如實呈現，不如徹底讓靈魂脫離身體，客觀思考觀眾到底要對哪個角色感同身受，才會對這部劇留下情感上的記憶點，不然就會重蹈我的覆轍，屢屢石沉大海。

說到靈魂脫離身體，讓我想到上一任在青瓦臺裡的那位，像她就很擅長靈魂出竅，卻連百分之〇．〇〇一能成為編劇的資質都沒有，為什麼呢？你應該也知道的啊，她對人冷血無情，毫無憐憫之心，甚至對世越號罹難者家屬完全置之不理，自然不具備編劇的資質。我所說的靈魂脫離身體，其實是叫你要懂得跳脫出來用客觀的角度去看你寫的劇本。

不過我可以坦白告訴你，其實那些劇本寫作書以及我現在在講述的這些事情，對你的劇本創作都不會有太大幫助，你知道為什麼嗎？因為所有藝術，尤其是寫作的靈感，其實都是「直覺」（Intuition）。要不要來聽聽看宋昌植大哥是怎麼說的？

「很多人都會好奇我作詞的靈感來源，其實靈感並不是某天某個瞬間突然『噹』一下冒出來，而是從人生的某個片段中油然而生，絕對不是像天線收到電波一樣突然靈光乍現。」

所以？你到底想表達什麼？誰會不曉得這個道理？好啦好啦，別激動嘛，別激動，你很容易情緒激動欸！的確，我們也不可能總是像宋昌植大哥那樣茫然等待靈感降臨，所以在這個主題裡，我們不妨召喚李奧納德・伯恩斯坦（Leonard Bernstein）大哥。

「靈光乍現是一種神奇的經驗，但是身為作家，必須開發一套在其餘時間接近靈感的方法，因為要等靈感來敲門，往往都須要花上好長一段等待期。」

所言甚是。有些作品是從人生片段中產生靈感，但大部分都不是如此，所以我們要持續不斷地訓練自己接近靈感，關於這種訓練有幾種方法，接下來就讓我為你一一解析。不過能否先讓我喝杯水再說，我現在手痛、喉嚨也痛。

#scene05

接近靈感的訓練

尋找電視劇題材的五種訓練方法

一、捕捉稍縱即逝的瞬間

只要去捕捉那些瞬間，你就會看到「喔？世界上竟然有這種事！」也就是看到足以能成為電視劇題材的事物。為了隨時隨地捕捉這樣的瞬間，你必須將五感統統打開才行，這是廣告大師朴雄賢（박웅현）說過的話，同樣的道理，你也不妨去找找看打動你的某個瞬間、人物、風景及事件。

讓我來舉個例吧！二〇〇〇年代初，在我剛出道不久的時候，某天，我無意間從報紙的社會版上看見一則已婚女性從事援交的新聞。

「我的天，現在是連已婚婦女都下海進行援交嗎？」

當時這件事遭受到廣大的輿論批評和指責，原本民眾還齊聲呼籲應該要提升社會道德觀，最後卻一如既往地隨著時間流逝就逐漸被人淡忘。後來我又在網路新聞媒體《韓民族21》（한겨레21）上發現一則新聞，主要是在講述這件事情的採訪後記，原來是有一名記者做了追蹤採訪。

當我進一步去了解這起眾所周知的已婚婦女從事援交案以後，才發現原來這名婦女是長期遭受家暴、膝下無子、經濟拮据的情況，而援交對象的這名男同學則是單親家庭下長大的孩子，在他身處的艱苦環境裡，也不允許他對將來懷有「夢想」。

當時貼身採訪他們的記者認為，其實他們都只是可憐人，恰巧住在同一個地區，從同病相憐發展成真愛而已。看到這裡我眼睛為之一亮，鼻子一酸，心頭一揪，靈感降臨！

沒錯，就是這個！他們兩人在現實生活中有無床笫之事並不重要，我當時馬上連絡林善熙（임선희）編劇，開始遊說她一起把這件事改寫成短劇，於是生出來的作品正是《我美麗的阿姨》（나의 아름다운 아줌마）。

要是這部作品能有機會收到法國坎城電視短劇部門的參展邀約該有多好，可惜沒這麼幸運，不過還是有創下穩定的收視率，業界也好評如潮。

總之，我的意思是只要敞開心房，就算是一則網路新聞也可以變成電視劇題材，而

且不只是新聞，《想知道真相》（그것이 알고 싶다）[1]、《人間劇場》（인간극장）[2]、《神祕的 TV Surprise》（신비한 TV 서프라이즈）[3]等這類型節目裡，也具有充分的電視劇題材，而且不能只有純粹收看，還必須不斷拋出問題自問自答才行。

「真的是這樣嗎？」「如果是〇〇的話會變成什麼結局？」「多年後那些人會變成什麼模樣？」

盧熙京編劇還曾親自去參加光化門燭光集會，你們應該也都有去吧？當時盧編劇就是因為在現場看見一群年輕義警，在防暴警察身後狼吞虎嚥吃著便當的畫面，不禁感到一陣鼻酸，所以才寫出了《Live》這部電視劇。

其實我到現在都還是對抗議示威現場的警察沒什麼好印象，會自動連想到白骨團[4]，也會用充滿敵意的眼光看待他們，這就是觀點上的差異。一切端看誰比較富含憐憫之心、誰比較有溫度，以及看誰能從平凡無奇的事情中看見特殊之處。

在我看來，能否捕捉到這種瞬間的關鍵，最終還是取決於是否具有一顆赤子之心，去發掘那些看似不起眼的事物，以及是否有溫暖的胸懷去凝視那些事物。

你有這樣的胸懷嗎？雖然這麼說你可能不同意，但我認為這也是與生俱來的一種天賦……。再讓我舉一個例子吧！

我們不是經常沿著江邊北路觀看汝矣島的栗島嗎？

據說以前栗島上還有人住，這可能是你每天路過看過的風景，李海俊（이해준）導演

卻很可能幻想過：「假如一名在漢江大橋上投江自盡的人，一路沿著江水漂流到栗島上，將會發生什麼事？」

《荒島・愛》（김씨표류기）這部電影的靈感會不會就是從這裡衍生出來的呢？奉俊昊（봉준호）導演從小就住蠶室，聽說他每次經過蠶室大橋的時候，腦中都會浮現尼斯湖水怪，他將這個點子醞釀了多年，最後拍成了《駭人怪物》（괴물）這部電影。就如同我前面所說的，你必須去思考哪個瞬間、哪個人物、哪個風景、哪個事件有觸動到你的心。

唉……我難得一臉正經地告訴你這些事，你怎麼是這種態度？什麼？叫我不要只會出一張嘴？囉哩叭唆？好吧，那我再告訴你一些比較簡單的方法。

二、XY遊戲

這是好萊塢大哥們經常玩的把戲，其實還滿好玩也很容易上癮，XY遊戲有兩種，

---

1 新聞追蹤節目。

2 紀錄片節目。

3 奇人奇事節目。

4 韓國獨裁時代，警察體制外的有牌流氓。

一種是「X的Y版本」，另一種是「當X遇上Y」。

X與Y的位置可以代入電視劇類型、具體的某一部電視劇或電影名稱，抑或是時間、空間、男女，總之可以不顧一切地將任何東西代入。第一次寫劇本時，切忌不要過度檢視自己，反而容易綁手綁腳，什麼都寫不出來。

像《謎霧》（미스티）就是《白色巨塔》（하얀거탑）（X）的女生版（Y）；《Kill Me Heal Me》（킬미，힐미）是《變身怪醫》（Jekyll and Hyde）的韓國版；《要先接吻嗎？》（키스 먼저 할까요？）則是《八月照相館》（8월의 크리스마스）的中年版。

當殭屍片（X）遇上歷史劇（Y），就會創造出《屍戰朝鮮》（킹덤）和《屍落之城》（창궐）；《擁抱太陽的月亮》（해를 품은 달）則是歷史劇和愛情劇的結合；《媽媽是外星人》（엄마는 외계인）結合愛情劇就成了《來自星星的你》。

再舉電影為例如何？

《大白鯊》（Jaws）（X）與太空船（Y）結合，就會變成《異形》（Alien）；《E．T．外星人》（E.T. the Extra-Terrestrial）與《X檔案》（The X-Files）結合則成了《MIB星際戰警》（Men in Black）；韓國電影《頭師父一體》（두사부일체）加入魅力帥女的元素就成了由金喜善主演的《憤怒的媽媽》（앵그리맘）；以外籍勞工為主題的紀錄片《人間劇場》（인간극장）經過在地化之後就成了《我愛你，英喜》（발로바시 영희）。好吧，大致上就是如此。

嗯?你說每一部電影都知道,唯獨只有最後一部《我愛你,英喜》沒聽說過?我的媽呀,你竟然不知道這部作品!這可是我執導的短劇欸!雖然我衷心希望這部劇能榮獲坎城電視短劇部門獎,讓我此生有幸踩上那片紅毯該有多好,但這同樣也是一部壯烈犧牲的作品,哈哈哈哈哈……我也只能在你面前裝模作樣,還能對誰這樣臭屁呢,你說是不是?

三、vs遊戲

這個字千萬別念成V和S,要靈活地轉動你的舌頭,把它念成「versus」才對,也就是對決結構,當你真的想不出任何好點子時,不妨先幫角色人物創造對決,這也是方法之一,盡可能先將兩個角色距離拉遠一點再展開對決。

《賢內助女王》(내조의 여왕)就是金南珠(김남주)vs李惠英(이혜영),過去的兩人,是外向活潑的金南珠vs內向文靜的李惠英,如今則成了小職員的太太金南珠vs公司高層的太座李惠英,兩人的命運徹底大翻轉。

在電視劇裡放入這種諷刺性的大逆轉,其實能增添不少可看度與趣味性,電影《新羅月夜》(신라의 달밤)和《郡守與里長》(이장과 군수)也是有著異曲同工之妙。

當對決結構走向正劇或類型劇，就會變成電影《國民公敵》（공공의 적）、《H・I・T》（히트）或電視劇《危情三天》（쓰리 데이즈）。

這看似不起眼的遊戲，卻讓奉俊昊導演在坎城影展上抱回了金棕櫚獎，電影《寄生上流》（기생충）也是同樣的結構，位於資本主義最底層的家庭vs最上流的家庭，奉導會不會也是從盡可能拉遠兩種家庭的距離開始發想的呢？

四、空間遊戲

當你靈光乍現時，不妨在「空間」這個框架下盡情發揮，這也有兩種方法，一種是找出新職業，另一種是找出新空間。

《偵探醫生》（닥터탐정）這部電視劇的主角是一名職業環境醫學專家，主要負責診斷勞工的職業災害及產業災害，是醫生卻也不是我們以往認知中的醫生，所以片名叫做《偵探醫生》。以此類推，如果把《峇里島的日子》（발리에서 생긴 일）搬移至服裝界，就會變成電影《時尚天王》（패션왕）。

前陣子爆紅的《Sky Castle》也是從空間下手，但是這種劇本風格必須精準展現空間裡的所有元素，所以事前需要進行縝密的資料蒐集，對於現在還是新手的你來說可能會比較吃重一些，等有朝一日你變成年薪破億韓元的編劇不妨再來籌備這種劇本，到時候別忘了也要分我一杯羹喔！（在此先謝過了）

第二種空間遊戲是「脫離大海的魚」，這是我先前推薦過的書籍作者——史奈德大哥提出的論述，如果翻閱其著作《先讓英雄救貓咪！你這輩子唯一需要的電影編劇指南》，裡面就會有詳盡的解說。不過這位大哥因肺血栓栓塞症而離開人世，閱讀前不妨先做個簡單的追悼默念儀式。

「脫離大海的魚」，就如同醜小鴨突然被放進截然不同的空間裡，一夕之間變天鵝的那種故事風格，是不是可以聯想到安畔錫（안판석）導演和鄭成珠（정성주）編劇製做的電視劇《聽到傳聞》（풍문으로 들었소）？

對了，鄭成珠編劇也是《黑暗裡的星光》（어둠 그 별빛）這首歌曲的作詞人，在酒精的催化下收聽會更揪心，之後不妨聽聽看。

《聽到傳聞》是一部講述庶民高我星，拖著即將臨盆的身子突然出現在律師世家裡的故事，她的世界觀徹底顛覆了律師世家的家庭。

連續劇《巴黎戀人》（파리의 연인）其中一集也是把重點放在上流圈朴新陽去找庶民金諍恩的故事，這幾部電視劇都有著曲調雖異，工妙則同的特點。

順便插個題外話，這真的只是題外話，由權基瑛（권기영）編劇執筆、我執導的迷你連續劇《守護老闆》（보스를 지켜라），同樣也是將八十八萬世代庶民階層的盧恩雪和內向又無能的上流階層車智憲安排在同一個空間裡相遇，這樣解釋應該能明白吧？

唉……不過我有點失望，畢竟我都小心翼翼地用自己的作品來舉例了，不是應該要有一點反應才對嗎？「天啊！那部劇超級好看欸！導演拍得真棒！」諸如此類的回應。

「人生就是回應！」

這是我自己想出來的至理名言，光是會回應，人生就能成功，因為很會做回應的人其實也是「共感」能力傑出的人。什麼？你說這不是共感能力強，是很會「阿諛奉承」？哼！算了！

五、古典遊戲

在此指的古典是指經典作品，絕對不是指音樂，你懂吧？就是從經典小說、經典電影等找尋靈感，二〇〇六年風靡一時的電視劇《幻想情侶》（환상의 커플），其原著就是一九八七年好萊塢電影《小迷糊表錯情》（Overboard），等於是直接買下版權翻拍。什麼？這種方式太花錢？沒關係，我這裡還有不花錢的方法。

一九九六年左右，裴勇俊出演的K頻道周末連續劇《年輕人的陽地》（젊은이의 양지），其劇中的角色架構就是來自一九五一年的美國電影《陽光照耀之地》（A Place in the Sun），小說《美國的悲劇》（An American Tragedy）則是這部電影的原著。《年輕人的陽地》在當時創下了將近百分之五十的超高收視率，編劇是趙素惠（조소혜），可惜她在二〇〇六就因肝癌逝世，據說她在與病魔抗戰時，比起體內的癌細胞，她反而更煩惱當

時正在執筆的電視劇收視率不佳。

電影《黑洞頻率》（Frequency）可以看作是所有跨時空電視劇的元祖，另外像是金銀姬（김은희）編劇在企劃電視劇《信號》（시그널）的時候，我記得當時還有送她一本東野圭吾的懸疑小說《解憂雜貨店》。除此之外，M頻道電視劇《伊甸園之東》（에덴의 동쪽）和S頻道電視劇《該隱與亞伯》（카인과 아벨）的劇本發想，基本上都可以看作是來自同名小說。

在這邊要注意的是，記得不要去看過度觀念性、哲學性的書籍，而是要閱讀史詩感強烈的經典，畢竟並非每一本經典著作都能被拿來拍成電視劇。

小說《基督山恩仇記》是復仇劇的經典，如果你想要寫一部復仇劇，就一定要閱讀這本書，每次閱讀都會有不同的收穫。米蘭·昆德拉（Milan Kundera）的《生命中不能承受之輕》（Nesnesitelná lehkost bytí）、托爾斯泰的《安娜·卡列尼娜》等，則是四角戀的典範。

還記得《哈姆雷特》（Prince Hamlet）嗎？劇中哈姆雷特透過在叔父面前的舞臺劇演出，證明叔父克勞迪是殺父兇手，這在電視劇裡是很常見的橋段，甚至已經被用到變成老哏了，你是不是也有看過很多類似的戲碼？比方說，主角陷入危機，偏偏這時召開股東大會，正當所有股東大老都齊聚一堂時，主角最後便在會議上做出重大宣言，攤開準備已久的證據，告訴眾人「我手上握有那個傢伙是壞蛋的鐵證」，只不過我也滿訝異為什麼每次都是選在股東大會上開誠布公。

你問我這不算抄襲嗎？當然不算，這叫作偷得好、偷得巧，高手和新手的差異就在這裡。如果沒處理好就會被罵是剽竊，但要是似曾相識卻在整部劇裡融合得恰到好處，就不會有人多作刁難了。

當然，那些嫉妒你在金山大廈裡聽著電視劇編劇養成課程的人，可能會說一堆閒言閒語，但自古以來不是有這麼一說嗎？「道人長短不過三天！」陳腔濫調屬於公共財，你可以盡情拿來發揮運用，但是要記得怎麼樣？要記得稍微改寫一下。

故事情節也是，盡情拿來改寫使用，百分之〇・一的罪惡感都不必有。

#scene06

靈光乍現的一句話、一顆鏡頭

為了捕捉企劃線索而使用的靈感召喚法

現在要介紹的是召喚靈感的最後特殊加碼版本，我們可以從詩篇或某個定格畫面中尋找企劃的線索，看著稍縱即逝的一句話、一顆鏡頭，進行電視劇架構發想練習。

舉例來說，究竟是多麼刻骨銘心的愛，且這份愛的障礙到底有多高，才會出現「對不起，因為愛你所以對不起」這種撕心裂肺的詩句呢？也許李慶熙編劇就是閱讀到這句詩，才找到了電視劇《對不起，我愛你》的線索也不一定。當然，這只是我個人的揣測，也不用刻意去向李編劇求證，如果不是從這句詩句獲得靈感就算了，當我沒說。

出版過《九歲人生》（아홉살 인생）的童話作家衛奇哲（위기철），曾在一場童話故

事創作演講中說道。

> 「如果用『What』的標準去看，這世上可能已經沒有任何新故事了，但如果是用『How』的標準去看，一萬個人就會有一萬種故事，這些都可以是新故事。」
>
> ——衛奇哲《故事的玩法》（이야기가 노는 법）

這樣有沒有得到一些安慰呢？新故事的關鍵在於「How」，而不是「What」。

來，這次不妨試想，照片裡有一間老舊店鋪，店鋪前放著一張空椅子，看著那張無人坐的空椅子，你有什麼想法？

平時都是誰坐在那張椅子上？店鋪的主人？失戀的青年？也有可能是紅極一時的女子。究竟過了多少個年頭？那種寂寞感、寂寥感，希望你也能在這種畫面裡找到足以構成電視劇的線索……。

好啦，接下來的任務是設定你要寫的第一部劇本概念，然後再找十部類似的電視劇或電影範本來觀賞！

#scene07

當你希望靈感降臨時

創造專屬於自己的靈感發想方法

據說有些空間特別能使人產生靈感。

一、準備就寢時

記得在床頭邊隨時放一本筆記本，因為當你在天馬行空胡思亂想時，很有可能突然靈光乍現，或者在夢裡想到不錯的解決方法。什麼？你從來都沒有過這樣的經驗嗎？不然就是明明作了一場驚心動魄的夢，醒來之後還記憶猶新，但只是去喝口水，才一會兒的功夫就全然忘光，像這種時候就最好一睜開眼睛便馬上把夢境抄寫在筆記本上，才能以防忘記。如果實在睜不開眼睛就閉著眼睛寫也無所謂，只要你自己看得懂就好。

二、上廁所時

當你用奧古斯特・羅丹（Auguste Rodin）的雕塑作品《沉思者》姿勢坐在馬桶上時，原本沒有的靈感也會從天而降，尤其是解決完大號一身輕的時候，腦中一定會閃過某個不錯的好點子。不過坐馬桶太久小心屁股會著火，這部分需多加注意。

三、在浴缸裡泡澡時

現在大部分人的家裡都只有淋浴間，不加裝浴缸，所以如果要嘗試這個方法，也許可以改用公共澡堂或汗蒸幕、三溫暖等空間進行。什麼？你說你比較喜歡去飯店、汽車旅館，用按摩浴缸？嗯……如果你已經是成年人倒無所謂，但是現在你的重點是想出好點子不是嗎？我可不是要你用這件事做為藉口到處去享樂啊。

如果這些方法你都不喜歡，那麼我也有聽某位認識的編劇說過，當她寫劇本遇到瓶頸時，會一路搭公車到終點站再搭回來，就這樣一邊看著車窗外風景一邊思考，最後就會想出好點子，所以這也成了她劇本發想的一種「儀式」，專業術語叫「ritual」。

你問我是用什麼方法找尋靈感？我是靠走路，大概獨自走一小時，頭腦就會變得比較清晰，雜念也會消失無蹤，所以走路已經變成是我的「儀式」，你也盡快去創造屬於自己尋找靈感的儀式吧。

聽說有人還會把音樂開很大聲然後倒立，也有人是透過爬山找尋靈感，不過我對此倒是持反對意見，因為有時候明明有靈感，到了山上反而沒靈感，假如是為了忘掉已分手的舊情人，爬山會是很好的方法，但假如是為了發想劇本而去爬山，我看最後說不定不僅無法獲得靈感，可能連既有的點子也都會消失無蹤，因為太消耗體力，也存在受傷的風險。

不是有一句話是這麼說的嗎？「若要拓展思維就去散步，若要消除雜念就去登山」，所以現在你又多了一項作業：創造一套專屬於你的尋找靈感儀式！

對了，寫劇本時記得一定要不定時從座位上起身，伸展一下筋骨，不然肩膀和手腕都很容易痠痛。你說你還年輕所以不會感到痠痛？好吧，年輕人就是不一樣，是吧？我就等著看你變老的那天，哼！

第二章

中場

電視劇其實是一段消除「觀眾不信任感」的過程，
也是對角色人物「產生同理」的過程。

#scene08

如果用一句話來形容人生

設定電視劇的前情提要

來，我們終於要開始進入編寫電視劇劇本的第一步，首先要做的事情就是設定前情提要，簡言之，就是用簡短的一段話來扼要說明整部劇的劇情，抑或是有人請你用一段話來介紹你寫的劇本時，你能提供的回答。不過千萬別搞錯了，這裡指的是一段話，一段！不是一句話喔！所以就算用兩句話來解釋也無所謂，要是有令人印象深刻的點，其實用到三句話來說明也無妨。

電視臺每年不是都會舉辦劇本徵選活動嗎？你是不是覺得評審們一定都會用「這些劇本是每一位參賽者的嘔心瀝血之作，所以一定要仔細閱讀再來評論」的心態去篩選？坦白講你只有猜對一半，畢竟人非聖賢，我自己也有當過評審，一開始同樣會抱持著「一定要仔細看才不會有遺珠之憾」的心情去閱讀，但是到最後往往都是以「啊，實在太難看！好無聊！怎麼當評審的酬勞這麼少，可惡！」的心情收場。

但凡牽涉到生計問題，自然就會伴隨一定程度的疲倦感，久而久之便會習得一些小訣竅，讓自己處理得更有效率，更何況審核劇本的時間也很有限。

我知道各位在寫劇本時，通常都是先寫劇名再寫劇本撰寫背景與動機（編劇動機），但其實評審很少會去看這些內容，為什麼呢？因為就算這些內容寫得再好，也和故事內容的完整度無關。

評審在看劇本時，往往最先注意「這是什麼故事？這部劇的賣點是什麼？」沒錯！就是指前情提要，所以前情提要是最重要的，你必須寫出一段足以吸引評審目光想要繼續閱讀下去的前情提要才行。

因此，學生在上我的課時，我會叫他們先別寫劇名和撰寫動機，不僅無趣，也會使你在寫劇本時變得綁手綁腳，徹底被侷限住，最後就會變成老是想要藉由角色人物的嘴巴直接說出這部劇的主題。

你知道觀眾最討厭什麼嗎？「這部劇怎麼老是在對我說教？老是在說一堆大道理和心得？」這就是他們最討厭的，絕對馬上轉臺。

你最需要優先考慮的是故事內容，有趣的故事、感動的故事、悲傷的故事，進而創造出富含喜怒哀樂、七情六慾的劇本，當你寫劇本遇上瓶頸時，應該要視前情提要為指南針，為你指引故事發展方向，而不是一味地想著要如何展現主題意識。

只要故事有趣，主題意識便會自然融入其中；就好比談戀愛時，假如對方每次見面都要問你：「你愛我嗎？愛不愛我？」不斷地想要透過言語上的承諾獲得心安，是不是會覺得這種人很煩？與其這樣還不如什麼話都不說，用含情脈脈的眼神看著你，溫柔地幫妳拿掉附著在肩膀上的一根頭髮，這種人是不是更帥呢？一旦執著於感情，戀愛就會開始生變。

哎呀，怎麼突然變成在聊戀愛哲學了。不過其實寫劇本和談戀愛有許多相似之處，今天先舉這點為例，切記感情不能強求喔！

劇名：嘻哈老頑固
前情提要：冥頑不靈的象徵——「老頑固大叔」，因家中小女兒而認識嘻哈，並用嘻哈饒舌與世界溝通。

雖然大致上可以知道是在講什麼故事，但會不會覺得有點空虛？

冥頑不靈的象徵——「頑固老爹」，快來救救他那為嘻哈痴狂的女兒吧！最後只剩這個方法了：以嘻哈歌手身分潛入表演現場！

改成這樣是不是比較好？在人物前面都加上了修飾語，也可以看出頑固老爹 vs 問題女兒的對決結構，而且最後一句話最為關鍵，是不是可以看出主角的目標和行動方向？這將會是全劇的主要高潮，主要高潮設定得愈具體、愈執著，整部劇就會顯得愈加精彩。

前情提要一定要一而再、再而三地修正才行，假如只是茫然地述說這樣那樣的故事，寫劇本內容時也會很快就變得茫然無助，一定要有具體的故事賣點，才會不斷專注投入在那個賣點裡，並激發出主角內心深層欲望及具體行動。

劇名：十三號鬼屋
前情提要：一男一女因各自有著迫切理由而找上一間凶宅，兩人即將展開一場爭奪凶宅的浪漫愛情。（浪漫滿屋恐怖版）

上面這段描述是不是也只能讓你大概了解會是什麼樣的劇情，卻看不太出來有哪些令人印象深刻或者過人之處？

迫切需要資金的失業男，某天找到了一份臨時工——「重建凶宅」，不過眼前的那名女子究竟是人是鬼？怎麼一舉一動老是展現出一副女主人的樣子。情況窘迫的這對男女，即將展開一場爭奪凶宅的浪漫愛情！

是不是看起來更引人注目，也更令人產生好奇？想要了解「重建凶宅」臨時工的背後究竟隱藏著什麼樣的內幕，彷彿會和老是表現出女主人姿態的女子發生激烈衝突。當兩人展開一場激烈的爭奪戰之後，再發現彼此的內心傷痛，進而發展出浪漫愛情，但是當兩個人愛得正濃時，又會遭遇難關，發生衝突，然後其中一人身陷巨大危機……差不多會是諸如此類的劇情，對吧？再看看下面這個例子吧。

劇名：張家界殺手
前情提要：冷血無情的殺手「昌民」，透過旅行團安排的行程認識了「婷」，終於讓他體會到家人及真心愛一個人的滋味，逐漸使他對人產生情感的故事。

如前所述，只有簡略介紹劇情一點也不引人注目，不妨看看如果改寫成這樣的話，是不是比較好呢？

準備退隱江湖的殺手昌民，接下了最後一份委託殺人案：「在張家界旅行團安排的行程中殺掉一對老夫婦！」可是為什麼老是會心軟？這還是殺手生涯史上頭一遭。

當前情提要被這樣改寫以後，劇情裡的主要高潮點也變得更為具體，而且也能看出主角會採取的行動方向，最重要的是這部戲還帶有主角的內心掙扎，整體風格也許會是一部人間喜劇類型。

劇名：我需要爸爸

前情提要：一名需要爸爸的國小生，錯認一名沒沒無聞的演員為父，兩人一同成長的故事。

這段則可以改寫如下。

「姜台郎」——「家人租借服務」的王牌業務暨無名演員，「宋潔」——迫切需要爸爸的早熟國小生，一部同甘共苦的家庭誕生記！然而，小潔的母親並不曉得這件事。

最後一句「然而，小潔的母親並不曉得這件事」用人文學術語來講就是「戲劇性諷刺」，在劇中人物的無知與觀眾的認知之間形成戲劇性緊張，就像「身世祕密」這種設定，當觀眾知道的訊息比劇中人物多的時候，就會形成戲劇性諷刺。

像電影《八月照相館》中，永元不是患有不治之症嗎？但是觀眾和他周遭人物其實都已經知道這項事實，唯有德琳被蒙在鼓裡，這種諷刺的設定可以讓觀眾站在相對優勢的位置觀看全劇，所以有情感上可以參與故事發展的優點。

好的，那就來總結一下吧！所謂好的前情提要，首先，要能在人物前加上一些簡單的修飾語；第二，這些修飾語要能看得出矛盾與衝突；第三，主角的目標要設定好；第四，如果有情境或戲劇上的諷刺，更是錦上添花。

偷偷告訴你我這裡還有一個小技巧，**善用可是、但是、然而、不過這種介係詞**，通常一部劇的賣點就是由此創造出主要高潮或戲劇性諷刺，你不妨重新回頭看看前述修改過的前情提要，是不是都有加入這些介係詞？

來，如今你已經思考過劇本概念，也看了十則範例，今天還學了寫出精彩前情提要的方法，那就再給你一個作業：下次上課前要寫好三則以上的故事前情提要。什麼？說來容易，真要寫才沒那麼容易？我前面不是苦口婆心地說了一大堆如何接近靈感的方法嗎？你可以的！加油！

#scene09

人見人愛、充滿魅力的最佳角色

創造令人印象深刻的角色特徵

既然已經知道前情提要的寫法了，接下來是不是迫不及待想直接進入劇本內容寫作呢？已經感覺自己文思泉湧、靈感爆發了，對吧？這是很自然的現象，但是能否再忍耐一下呢？因為我自己以前就是這樣，感覺靈光乍現、無法停筆，結果頓時陷入瓶頸，寫了一點又倍感挫折，遇到卡關的時候真的是叫天不應叫地不靈，也沒辦法找人訴苦，只能一個人仰望夜空喃喃自語：「喔！主啊！為什麼要離棄我……」

別著急，稍安勿躁，最起碼不能被你同期的朋友嘲笑你寫的劇本，也要避免被人翻閱幾頁就丟進回收紙堆裡的屈辱吧？一定要顧到最基本的完成度啊，這樣才對得起那些特地騰出寶貴時間來閱讀你的劇本的人，這也是對他們最基本的禮貌。我又在打壓你的士氣了嗎？不不不，都叫你冷靜了，停停停……來，跟著我先深呼吸十次！

構成一部電視劇的兩條中心軸線是「角色人物」和「故事情節」，強烈推薦至少要先徹底想過這兩大要素再來動筆也不遲，這就是將前情提要進一步做發揮的方法。

首先，先來談談一部劇的登場人物、角色設定。

要怎麼做才能創造出一個近乎完美的角色？怎麼做才會讓觀眾同理主角的感受，並帶著觀眾一起投入劇情？要怎麼做才能創造出具有「魅力缺陷」的角色？

每當我閱讀到一些慘不忍睹的劇本時，才剛翻閱幾頁內心就會燃起一把無名火，吶喊著「到底為什麼會寫成這樣！為什麼！（消音）！」反之，閱讀到至少有一定完成度的劇本，多少還可以同理角色，使我產生「喔——原來這個人也是不得已只能選擇這麼做」的念頭。

如果以這個行業的專業術語來講，**電視劇其實是一段消除「觀眾不信任感」（這像話嗎、主角有必要這樣嗎……等想法）的過程，也是對角色人物「產生同理」（喔——看來主角也只能選擇這麼做，怎麼辦呢？接下來該怎麼辦才好？）**的過程。

身為編劇，寫劇本時心態會變得很像一名「孕婦」，你要不斷地對腹中的角色人物說話，孩子（角色人物）喜歡什麼、不喜歡什麼，都要靠你逐一摸索了解，不論孩子是主角還是反派、配角，甚至是只有一個鏡頭的臨演，你也都要照顧周全才行。

像這樣以照顧「胎兒」的心情……你說你還是單身，孕婦這個比喻不太恰當？嗯……那就用「造物者」的心情……但這又好像太誇張，嗯……不然就用培育「花草植栽」的心情……這樣的比喻你會比較滿意嗎？總之，就是要用「孕婦」、「造物者」、「培育花草植栽」的心情去創造角色人物才行，這樣被孕育出來的角色才會寫實生動，進而使得觀眾自然去同理角色、默默替角色加油打氣。

幾年前裴由美（배유미）編劇寫的劇本《要先接吻嗎？》被拍成電視劇時，劇本寫到第四集為止都很順利，所以當時我遵從我們家第二條家訓——「人生是回應」，不斷地誇讚她寫得很好、很棒，但是沒想到編劇竟脫口而出一句驚人之語：「我其實還不太了解孫憮恨……。」

憮恨，是這部戲裡的男主角，我聽到這句話的當下眼前瞬間一片黑，都已經到第四集了，而且還寫得如此流暢，怎麼可能不太了解這個角色……這怎麼可能嘛！

其實也是因為裴編劇太老實的關係，不然她大可順著我的讚美昂首闊步、鼻孔噴氣。但是對於當時的她來說，她還沒完全聽見憮恨的真實心聲，等於在編劇的心裡，憮恨還沒有給她一劑強心針，畢竟前面幾集比較多搞笑情節，但是在真正重要的感情戲裡，憮恨這個角色還沒開始向編劇搭話，他們之間還需要一點時間培養感情。

雖然每一位編劇的創作方式都不盡相同，但是到了某個時間點，都一定會遇上角色主動前來搭話的魔幻瞬間，編劇通常都會滿心焦慮地等待這樣的時機到來，以現場術語來說就是「通靈了！」然而，在那之前編劇都要獨自承擔身為孕婦、造物主的痛苦，這就是從事這份職業的宿命。

我通常把創造角色人物的工作稱為「樹枝延伸遊戲」，來吧，要不要再玩一回？

首先，設定角色人物的身分背景。覺得很難嗎？簡單想就好了。準備就業的社會新鮮人、醫生、老闆、小開、重案組刑警、灰姑娘、小甜甜、小市民、高利貸業者等，是不是很多？這些都是在電影或電視劇裡經常可見的角色，但是如果照樣把這些角色挪移至你的劇本裡會得到什麼評語？

「你寫的劇本角色人物都好老套。」

十之八九一定會得到這樣的評價。用人文學專業術語來說就是「定型化」，用英文來說則是「stereotype」（刻板印象）。

可以容許我再臭屁一下嗎？Character 來自希臘語 kharakter，本意是「刻下的印記」，我在電視劇裡最討厭看到的，就是高利貸業者身穿黑色西裝、說著黑道大哥的臺詞，與其這樣還不如打造一批花美男高利貸業者，或者幽默風趣的地下錢莊業者，使角色人物看起來更為立體生動。說到底，**角色設定是一場跳脫「老套」和「定型化」的戰爭，也是一場創造「令人印象深刻特徵」的對決。**

好的，接下來要像樹枝一樣延伸，從這邊開始角色人物就會變得生動又有趣，等於是為角色賦予個性，使其具有內在特色。你可以先從：

叛逆／懦弱／大方／敏感／內向／正義／矯柔造作／好奇心旺盛／自私／單純／容易煩躁／爽朗／殘忍……等這些大方向的性格特質開始下手，再去搭配：

有憤怒調節障礙／有選擇障礙／特別在乎他人眼光／有潔癖症／不論到哪裡都愛出鋒頭／有拒絕障礙／有完美主義傾向／充滿虛榮心……等這些細項性格特質。

像這樣把典型的角色人物賦予獨特個性，就會顯得更人性化。不過，是不是覺得好像還少了點什麼？那就再繼續將樹枝延伸出去，這次可以為角色增添一些特色，算是額外附加、專屬於這個角色人物的特點。比方說：

只要一激動就會口吃／只要喝酒就很容易斷片／走路時會一跛一跛的／耳朵上有很多耳洞／有他專屬的不祥預兆／走路姿勢很奇怪／音樂偏好／飲食偏好……等諸如此類的特色，是不是加上去以後變得更豐富有趣？

#scene10

每個人都有著不堪回首的黑歷史

為角色人物塑造魅力缺陷

截至目前為止，不論是主角還是配角都適用於我所介紹的劇本撰寫方法，不過是不是應該要再多給主角一點東西呢？再怎麼說畢竟也是主角，對吧？在此所謂的主角，其實是包含飾演反派的主要角色。

這次不妨來想想主角獨有的「祕密」或「內心創傷」，這些就是可以為角色人物塑造魅力缺陷的部分。

像《來自星星的你》主角都敏俊就有自己其實是外星人的祕密，帶有獨自生活了好幾百年的內心創傷，以及不久後就要重回其星球的祕密與時間限制。

《陽光先生》（미스터 션샤인）男主角崔宥鎮則有著被祖國拋棄的內心創傷。

《要先接吻嗎？》裡的男主角孫憮恨又是如何呢？他患有癌症，來日不多，卻無法向任何人坦承這樣的事實。他有著太太對婚姻不忠而離婚收場的內心創傷，和女兒也難以溝通，過去曾是一名廣告大師，卻也因他拍攝的廣告產品導致女主角安純真的女兒意外過世，這件事情在他心中也留下了難以抹滅的陰影。

《守護老闆》裡的男主角車智憲則是有恐慌症的祕密，以及當年哥哥是因他而死的內心創傷。

在《我戀愛的一切》（내 연애의 모든 것）裡，男主角金秀英是保守在野黨代表的婚外私生子，他有著不可告人的身世祕密，以及被父親遺棄的內心創傷，還有愛上進步黨代表的祕密。

《美國心玫瑰情》（American Beauty）裡的男主角凱文·史貝西（Kevin Spacey）也有著愛上還在就讀國中的女兒同學的驚人祕密。

從這些例子就可以清楚知道我想要表達的重點了吧？你說只有《我戀愛的一切》不太清楚，從沒聽過？這部其實也是我執導的作品，對我來說就像是受傷的手指一樣，每次只要想到這部戲，心中難免還是充滿不捨。

總之，在修剪樹枝時也要去思考一些最基本的事情：每個人都有自己不堪回首的黑歷史，每個人都不是完人。世上哪有完美之人？就算有，這種人也不可能有趣，所以我才會不斷強調角色人物的「魅力缺陷」。

對了，最後還有一點，**主角雖然需要「祕密」或「內心創傷」這類的「魅力缺陷」，但也別忘了一定要有「極具魅力的才華」**，當你在寫電視劇時，只要在第一章鋪陳好，接下來在第二、三章就能有效利用、善加發揮。不過切記只能設定一種魅力才華，然後接下來怎麼做呢？當然是把這項才華發揮得淋漓盡致囉！

好的，接下來就要把這樣創造出來的角色人物放進前情提要裡，這就是為什麼前情提要如此重要的緣故。你必須讓人明確看見主角的行動，並且思考你幫主角設定的「祕密」和「內心創傷」，是不是一套適合衍生出主角內心糾葛或行為展現的機制，如果不適合就要果斷丟掉，直接換成其他設定，這樣一部戲才有辦法繼續演下去。如果你看不見主角的行動，那看來你還要再仔細想想角色人物才行。

我可以提供你以下三種技巧去進行角色人物發想，這可是只有我會為你著想所以才告訴你的喔！

一、試寫角色人物的自我介紹

這必須是一份只有你才能看的祕密自介，不是用來交給誰的那種文件，而且因為是你自己假裝成該角色，所以當然是要以第一人稱視角來寫，也不能自我批改。有些編劇課老師會建議寫人物履歷，但是在我看來，寫自我介紹才是正確的。相信我，等你寫完以後，絕對會有和角色人物拉近距離的感覺。

二、當你在為角色人物賦予性格時，試著在前面加上「非常」或「太」等副詞

比起「生性內向的銀行員達秀」、「想要成為老闆的正賢」，改以「因為生性太害羞而飽受困擾的銀行員達秀」、「實在太真性情反而不適合當老闆的正賢」呈現，角色人物就會變得更為鮮明立體。切記，平淡無味的角色一點也不有趣，反而是犯罪。

三、將角色人物姓名張貼於牆面，天天呼喊那些名字

你可以試著向他搭話，問問他：「你到底想要什麼？」「你到底想做什麼？」「你的祕密和內心創傷是什麼？對現在的你造成了哪些影響？」不停地向角色人物搭話。不過這個方法有個缺點，那就是被其他人撞見的話，一定會有奇怪的傳聞出現，所以切記要等四下無人時再來進行。

介紹你一個不錯的例子好了，這是編劇裴由美在《要先接吻嗎？》的劇本大綱（Synopsys）裡寫的主角說明，角色人物至少要寫成這樣才富含生命力，有時間的話記得一定要試讀看看。（參見附加內容二一八－二二五頁）

是不是看得出來這部劇會朝什麼方向發展？通常編劇最討厭寫的就是劇本大綱，裴由美編劇是連這部分都寫得非常精湛。

好吧，那我就要來出作業囉！請將角色人物放入前情提要當中，試著親自規畫故事線，記得要透過專屬於你的靈感發想「儀式」來進行。

#scene11

對受傷者的同理及安慰

對觀眾來說電視劇是什麼？

曾經有一則熱門話題出現在電視新聞上——一名五十多歲的酒醉大叔，在地鐵月臺上對著其他乘客沒來由地咆哮謾罵，甚至揚言要跳下月臺，引發騷動。當時周圍的乘客都飽受驚嚇，紛紛躲避這名男子，後來有民眾報警處理，等警方抵達現場後，場面又再度陷入混亂。

「你算老幾要逮捕我啊……人民保母怎麼能這樣嚇唬善良的市民……」情況看似陷入膠著。不過就在附近某個角落，一名年輕人坐在那裡目睹了全程，他緩緩走向這名大叔，並給了他一個擁抱，原本還在咆哮大鬧的大叔，瞬間靜止不動。

「叔叔，停止吧……。」

因為這名年輕人的一句話，這名大叔突然悲從中來，停下了所有動作。

另外還有一幕。光化門廣場不是曾經高掛過世越號追悼布條嗎？當時是在燭光集會發起前，世越號罹難者家屬和志工們正在現場募集同意還原真相的連署書，然而，一群搖著國旗的爺爺突然闖入會場，將桌椅全部推翻，搞得現場凌亂不堪，罹難者家屬和志工齊心奮力抵抗，卻仍敵不過爺爺們的強勢攻擊，最後他們氣得淚流滿面，也無力爭吵，只好決定休息一下喘口氣……這時，精神科醫師鄭慧新（정혜신）博士悵然若失地望著被搞得亂七八糟的現場，默默向一名爺爺問道：

「爺爺，您的故鄉在哪裡？」

鄭慧新博士就是從這樣開始的一段對話中，默默聆聽了該名爺爺的成長故事。這位爺爺經歷了日治時期、韓戰時期、工業化時期，一路走來辛苦了大半輩子，好不容易才走到今天，如今已是毫無存在感的爺爺，他也從未想過有人會像鄭慧新博士那樣願意花一個多小時來聽他說自己的生平故事。據說爺爺最後向鄭慧新博士坦言：「剛剛的確是我太過分了。」

這些是近期以來最令我感到動容的兩個畫面，電視劇也許就是如此，將受傷的人打造成主角，或者傳遞「我也和你有過同樣的傷痛，沒有關係，這不是你的錯」諸如此類的同理與安慰。

對了！還有一點很重要，**電視劇就是要讓觀眾產生「我也好想要試一次……」「要**

是我身邊也有這樣的人愛我就好了……」「要是有個人可以將那群壞蛋繩之以法就好了……」等這類幻想。

你可以回想一下先前叫好又叫座的幾部韓劇：《陽光先生》、《我的大叔》（나의 아저씨）、《耀眼》（눈이 부시게）、《Sky Castle》，有沒有發現都是充分滿足觀眾以上這些需求的電視劇？

#scene12

老套的戲碼？才不是！

擄獲大眾的故事情節

這次要來談談關於故事情節一事。

我們通常說「這部劇沒什麼劇情」時，這裡的劇情指的其實就是敘事，沒什麼劇情就等於敘事力薄弱、內容空洞的意思。

故事情節簡單來說就是「用什麼方式展開劇情」，把它想成是「展開故事的模式」就會容易許多，許多劇本寫作指南書也會將其定義為「因事件衍生事件」，而非「單一各別事件」。如果將故事套上情節，就會變成「storytelling」（說故事手法）。好的，那麼接下來我要出兩道題請你作答。請試著在下方空格處填入答案。

一、故事情節是＿＿＿＿＿＿。

二、故事情節是＿＿＿＿＿＿。

來，答案揭曉，第一題的空格是「公共資源」，第二題是「再利用」。

第一題是《擄獲人心的二十種故事情節》（台灣無中譯本）這本書的作者托比亞斯大哥出的題目，第二題則是作者我本人出的題目。

透過這兩句話是不是能大概了解故事情節是什麼了？雖然定義得有些牽強，但這兩句話的重點在於，完全不需要因為模仿別部作品的故事情節而感到自責。

不是都說電視劇和電影是「視覺化說故事」嗎？所以重點應該擺在「視覺化」上。你必須承認一件事，大眾有他們喜歡的視覺化說故事手法，你只能把它當作是人類的大腦結構本就如此，所以才會奉勸你把故事情節當成是公共資源來使用，或者就算在其他作品裡已經用過的故事情節，也可大膽地、充滿自信地拿來回收再利用，一點也不需要擔心害怕，因為光是角色人物和背景不同，觀眾就會認為是不同作品，所以盡情回收利用那些故事情節吧！人生凡事一旦跨出第一步，就會無所畏懼，盡情發揮「無鐵砲」[1]精神！這是演員宋康昊（송강호）早在電影《No. 3》（넘버3）裡就宣揚過的精神。

還有一位是每次提及故事情節就一定要搬出來介紹的重量級人物，只可惜很久以前他就不在人世了，這位老大哥正是古希臘哲學家亞里斯多德，他曾經緊閉雙眼說道：

「每個故事都要有起始、中段和結尾！」

這句話出自《詩學》（Poetics），光憑這一句話就能充分說明何謂故事情節，這位老大哥是不是很厲害？到現在還能靠這招到處招搖撞騙。啊！我這樣說太沒禮貌，應該說這招竟然到今天都仍適用！

《詩學》的翻譯本至今依然暢銷，小說家金英夏（김영하）大哥也曾在電視節目《懂也沒用的神祕雜學詞典》（알아두면 쓸데없는 신비한 잡학사전）中表示，這本書就算現在重新拿出來閱讀也依舊會使人讚嘆不已。

《我叫金三順》（내 이름은 김삼순）的導演金允澈（김윤철）翻譯過一本解析《詩學》的書——《說故事的祕密》（Aristotle's Poetics for Screenwriters）（台灣無中譯本，按韓文版書名直譯），如果有時間的話不妨閱讀看看。

總之，上面那句話其實就是知名的三幕劇理論，開頭、中場、結尾的黃金比例是一比二比一，如果以一部A4紙四十頁左右的短劇為例，那麼就是十：二十：十頁左右。真正鑽研電影三幕劇理論的人是希德·菲爾德（Syd Field），他在《實用電影編劇技巧》（Screenplay）這本書裡做了詳盡的整理，假如你還想要對此多作了解，建議找這本書來閱讀。

哎呀真是的，我前面還呼籲大家別讀太多劇本寫作書，結果竟然默默推薦了好幾

1 指精神飽滿，活力四射的意思

本。好吧，別看這些書，都別看！但是沈山大哥寫的《韓式劇本寫作》請記得一定要看，因為他把三幕劇理論解釋得非常完整，建議你最好不要錯過。

然而，每次只要劇本寫到第二章，就會遇到故事開始變得空虛的問題，大部分的新手編劇都會面臨第二章開始徬徨的瓶頸。你還記得我在前面提及過的必讀劇本寫作書嗎？沒錯！就是史奈德的《先讓英雄救貓咪！你這輩子唯一需要的電影編劇指南》，這位大哥也有遭遇過同樣的窘境，所以經歷一番千辛萬苦的實地研究之後，他徹底將三幕劇理論進行了拆解分析，我很喜歡他用自己的方式去解讀，絕對值得一讀。

你問那為什麼還要讀我寫的這本書，直接讀那本不就好了？你是連買書的錢都沒有嗎？好好好，那我簡單幫你做個重點整理好了，這是將三幕劇理論細分化後的內容。

電視短劇的三幕劇結構如下：

第一章是設定，也就是指鋪陳過程，大約會占A4紙十頁左右的分量，透過什麼來鋪陳？透過能成為引爆劑的事件，這就是劇本第一章最重要的重點。

首先是開場，你只要把它想成是決定電視劇風格的段落即可，開場有很多種呈現方式，不論是用照片、事件，還是主角日常皆可呈現，透過照片方式呈現會比較有電影感，也比較新潮一些，還能稍微暗示一下主題。

總之呈現完開場以後，接下來就要透過事件讓主角登場，自然而然地帶出故事背景與反派角色，然後主角的魅力缺陷也要開始鋪陳展現。

在《先讓英雄救貓咪！你這輩子唯一需要的電影編劇指南》這本書裡強調的是，在這個階段，不論主角扮演的是好人還是反派，都一定要幫他創造一個討喜的特點才行，這樣才能擄獲觀眾的心願意繼續看下去。

然後足以成為引爆劑的事件會突然降臨在主角身上，不論是轉調、解雇、太太外遇、生命只剩短短幾個月、替人背黑鍋，還是父母或愛人被仇人殺害、在最糟的情況下遇見心儀的她、和某人發生一夜情等，這種引爆劑正是劇本第一章的故事情節要點，也就是關鍵事件。

第一章的收尾則要落在「討論過程」，簡言之就是「好，那接下來該怎麼辦？」「這太扯了！」「我怎麼可能做這件事？」「沒辦法，只能去做！」主角最終還是得透過某種暗示做出主動決定才行，這麼做就是在建構劇本的主要高潮，「主角最終會成功嗎？」如果以愛情劇來看，就會變成是「兩個人最後會在一起嗎？」

為什麼需要這樣的「討論過程」？因為一味向前衝的角色人物是不具有魅力的，在此要先鋪陳出主角的內心自我掙扎，讓觀眾也跟著主角一起糾結苦惱才行。

像這樣透過第一章的鋪陳過程中納入引爆劑事件、設定好主要高潮以後，真正的故事內容才會從第二章正式展開。進入第二章以後要先讓觀眾稍作喘息，等於要給觀眾喘口氣的機會。

「好的，那麼接下來就來聊聊別的吧！」類似這種感覺，一旦出現新舞臺，就要為觀眾作說明，和主角同一掛的盟友勢力配角也都要仔細一一介紹。

既然都讓觀眾暫時喘口氣了，接下來是不是又要全力衝刺了呢？沒錯！接著就是要給觀眾「趣味與遊戲」，這個階段務必要讓主角遭遇一些挫折，再創一次令人印象深刻的記憶點才行，但記得要調整一下挫折強度，障礙物的反擊自然會比之前更強一些，但是到了劇本中間點（也就是A4紙二十頁左右）的時候，就要展現主角歷經苦難終於獲得勝利（或慘敗）的過程，我們俗稱這個部分為「假贏」，主要是為了和第三章才會出現的「真贏」產生強烈對比而刻意安排的橋段，一定要有「假贏」或「假輸」，到了第三章出現「真贏」時才會帶給觀眾更大的感動。

如果以愛情劇來看，就是先出現兩人不斷爭吵的過程，等第三次見面或第三場戲的時候，一定要打動觀眾才有辦法開創新局；不論是男主救了女主，還是發現對方的內在陰影，抑或是開始把對方當成異性看待等，這些事情都可以作為劇情的轉捩點，營造出彷彿戀情開花結果的假贏，也就是套用所謂「第三次一定會成功的法則」。

簡單來說，假如主角要逃離某個地方，第一次、第二次都要讓他失敗，第三次才能讓他成功。透過前面的假贏，讓主角在第三次嘗試時以任何形式真贏並邁入新局，假如主角第三次嘗試時依舊重複著先前同樣的失敗模式，觀眾絕對會憤而轉臺。

之所以會將這個階段的使命取名為提供「趣味與遊戲」，是因為在這段過程中一定要有趣又好玩，預告片中出現的那些觀眾感興趣的精華片段，也是出自於此，表示是最重要的畫面。

即使只是假贏，也要讓主角逐一突破困境，使觀眾看起來像真贏才行。如果到這裡都安排得行雲流水，那麼接下來就必須改變局面，也就是在劇情來到「中間點」時開始套用「凱瑞斯．哈丁[2]（Kerith Harding）法則」。

凱瑞斯．哈丁法則：一切看似美好，其實恰巧相反。

大致上是這樣的法則。你問我凱瑞斯．哈丁是誰？我也不太曉得，先跳過！

總之，我會稱這個法則為「不安的幸福法則」，摘自樂團「山之音」（산울림）金昌完（김창완）大哥自創的歌曲的〈不安的幸福〉（불안한 행복）。

也就是在「我真的可以如此幸福嗎？」「歷經千辛萬苦終於走到這裡，我可以休息一下了嗎？」的時候安排障礙物展開反擊，是真正而且正式的反擊。在這之前的「趣味與遊戲」階段時出現的反擊都只是小打鬧而已，現在才是壞蛋正式發動攻擊的時候，讓

2 出自《你的劇本遜斃了！》一書。

觀眾在這時候感到緊張刺激，也就是讓觀眾產生「天啊，怎麼辦，該如何是好，完蛋了」的反應。

主角在劇中以為自己已經獲得勝利，也察覺事有蹊蹺怎麼會如此順遂，但就是從這裡開始徹底粉碎主角，不論是透過外在還是內在，抑或是靠著主角同夥隱藏已久的憤怒、懷疑、嫉妒來分裂主角，甚至是出現叛徒等，在此需要注意的一點是，「壞蛋正式來襲」一定要套用「海因里西法則」。

海因里西法則：在大型事故發生前，相關的細微事故和徵兆其實早已存在。

換言之，壞蛋就像冰河移動一樣緩慢但不斷前進，切記不要讓壞蛋沒頭沒尾地突然出現，要事先在前面適當地作好鋪陳才行。

壞蛋靠近以後，引發一陣騷動，接下來面臨的結果則是「絕望的瞬間」，亦即主角徹底粉碎的瞬間，此時主角最親密的人也有可能面臨死亡。

接著就是第二章的收尾，收尾點要落在「靈魂的漆黑夜晚」，簡單來說就是「主啊，為什麼要遺棄我……」有些人也會以「黎明破曉前的黑夜」來形容這個部分的內容，絕望完以後，主角終於正視自己的內在，端出「可以拯救自己與所有人」的絕妙好點子，或者撿到原本完全不期待的樂透（盟友勢力的幫助），於是以此作為主角的武器，在第三章以「最後的大逆轉」全力向前衝刺。

如果以愛情劇為例，因某種障礙導致徹底分手的一對戀人（壞蛋來襲），孤單寂寞地思念著彼此（絕望的瞬間），切身體會到愛的渴望或者受到第三者的幫助（靈魂的漆黑夜晚）以後，直奔第三章。故事寫到這裡大約是四分之三的劇本分量，占據Ａ４紙三十頁左右。

第三章是我們經常說的故事高潮，也就是「最後的大逆轉」，主角最終會憑藉自己的力量辛苦打敗反派角色並突破障礙，此時要把重點放在「自己」，然後將前面鋪陳的所有設定一次回收，最後只剩下結尾或尾聲，也就是讓觀眾透過主角的人際關係變化、世界變化而產生心得、有所領悟，然後也順便展現主角成功克服其缺陷。

我會不會有點太像是在解釋數學公式？不過除了少數「另類（alternative）情節」作品，如：安德烈・塔可夫斯基（Andrei Tarkovsky）的藝術電影、洪常秀（홍상수）導演的電影作品、《記憶拼圖》（메멘토）或《薄荷糖》（박하사탕）等電影外，遵循三幕劇理論的作品大部分都會按照這樣的模式去寫劇本，是不是很驚人？這代表從古希臘時代起，人類的大腦就已經定調成喜歡這樣的說故事模式，千萬別懷疑。

我都這樣吐著血為你作說明了，你還是免不了要用那種充滿焦慮和懷疑的眼神來看我，那我只好再舉兩個例子給你聽。

建議你一定要看看近期推出的KBS2電視劇《金槍魚與海豚》（참치와 돌고래）與經典短劇《未婚妻的故事》（내 약혼녀 이야기）的劇本或影片點播（VOD），前者是有趣歡樂的浪漫喜劇片，後者是現在重看依舊會被感動得五體投地的愛情片，相信我，看了絕對不會後悔，等你先看過再說。（參見附加內容二二六－二四二頁）

如何？是不是整理得有模有樣？不過這是拿來作分析使用的，編劇在寫這部劇的劇本時，難道真的會去意識故事架構和情節嗎？我投「否定」一票！我猜一定是靠著寫作的手感寫出來的。

「嗯，是時候該出現引爆劑事件了。接下來順著劇情發展安排一件令人印象深刻的事情吧！既然都寫到劇本中間段落了，好，該來轉換一下局面。覺得故事有點無聊了，應該要來個大逆轉才行。」我相信編劇在寫劇本時一定是這樣思考的，這才是正常，而你因為是新手所以才會需要像這樣將結構進行拆解分析。

你問我如果想要體驗一次這種靠手感寫劇本的感覺，到底該怎麼做？

我會推薦你不妨從每一種類型中挑出一部專攻作品，然後開始深入鑽研下去，所以自然要選你喜歡的作品才行。不論是愛情片、偵查片還是喜劇片，基本上都要練習抄寫，然後等你看同一部作品十遍左右的時候，你也會不自覺地培養出寫劇本的節奏感，比閱讀十遍劇本寫作書還有效。然後等你寫出自己的創作劇本時，再重新和抄寫練習的劇本比對一次，試著去體驗「為什麼我的故事這麼無聊？為什麼還是沒有培養出節奏感？」的感覺。

請容我再重新強調一次，故事情節是回收再利用的東西，也是公共資源，你不需要感到罪惡，那些都是供所有人使用的元素，當然，有些故事情節是根本不在族譜上的，例如先前提到的「另類情節」作品、安德烈・塔可夫斯基的藝術電影、洪常秀導演的電影、《記憶拼圖》或《薄荷糖》等電影。

然而，這些都不是你現在適合挑戰的類型，另類情節往往是等你徹底練熟基本功以後才有辦法構思出來，你看畢卡索不也是為了創造出立體派畫風而鑽研過往畫風多年，羅馬絕對不是一天造成，創新永遠都要等你徹底弄懂了正統以後再來嘗試。

來，要給你作業囉！選定自己想要專攻的電影或電視劇，總共看三遍，第一遍先不假思索地專心觀賞，第二遍可以關注一下故事架構，第三遍則是留意角色人物和臺詞。至於完成這次的作業以後可不可以馬上就進入寫劇本的階段呢？嗯……你自己看著辦吧，我要去喝幾罐啤酒、彈彈吉他了。羨慕嗎？因為我是導演，你是新手編劇啊！（用韓劇《羅曼史》裡的金荷娜口吻）

等你哪天成為知名編劇的時候，也許情況就會大逆轉喔！直到那天來臨為止，繼續勇往直前！

☑一目了然的電視劇故事情節

第一章

開場：展現主角——背景——反派——鋪陳

故事情節重點：足以成為引爆劑的事件

討論過程：建構主要高潮——鋪陳內在自我糾結點

第二章

喘口氣：說明新舞臺——介紹配角

趣味與遊戲：面對障礙物——假贏或假輸

中間點：不安的幸福法則、開創新局——壞蛋的正式來襲

絕望的瞬間：主角徹底被粉碎

靈魂的漆黑夜晚：絕望的終點，後來才發現最後一線希望

第三章

最後的大逆轉：主角憑藉自己的力量打敗反派並突破障礙

結尾：全員落幕

#scene13

故事會不會一直沉浸在絕望當中？

電視劇劇本要避開的三大方向

我看你昨天喝多了，還記得你有打電話給我嗎？再怎麼說我也比你大二十多歲，就算劇本很難寫、寫不出來，你也不能口無遮攔地對我瞎吐苦水吧？我從上次你一直嚷嚷著想要趕快正式開始寫劇本的時候就有替你感到擔心了。

不知不覺間，我們已經談過前情提要、角色人物、故事情節，現在只要你有靈感，隨時都可以提筆，但前提是你自認是天才編劇啦，這句話應該在一開始就要對你說的。

哎呦！你竟然猶豫了？看來你自己也承認你不是什麼天才。很好，當電視劇編劇一定要為人誠實才行，天才呢……還真有一群人是貨真價實的天才。

像金銀淑編劇我就認為她是真正的天才，沒有一部劇是失敗的，全部都大紅大紫，能有這樣的成績真的很不簡單。假如你老是拿自己和這些人比較，就會使自己壓力更

大。你問我可不可以把這些人當作楷模？嗯……最好不要，我不建議，因為你會受傷。除了金銀淑編劇，還有奉俊昊、史蒂芬·史匹柏（Steven Spielberg）、史蒂夫·賈伯斯（Steven Jobs）、金妍兒（김연아）、李承燁（이승엽）等天才，你只要告訴自己，「哇，我竟然和這些天才活在同一個時代，真是我的榮幸！」這樣就夠了，你的內心會好過一些。

總之，為何你會寫劇本寫到一半遇到瓶頸？我們不妨一起來了解一下。

這種情形通常十之八九問題都是出在角色人物，你是不是太折磨你的主角？或者只是一直在闡述你的哲學理念？一般來說，大部分都是因為沒有把角色人物塞好在前情提要裡所導致，不對，也很可能是在這之前的企畫階段就放錯了焦點。

一、只有自己覺得有趣或看得懂的故事

這是在我講述過去孤獨無助的沉潛期時，曾向你告解過的內容，還記得吧？這是新手編劇最常犯的失誤之一，自以為靈感來了、自信爆棚，然後就一股腦的提筆寫作，但是我有說過，一定要經過什麼步驟？驗證的步驟。如何驗證？就是要去向人做介紹。

比方說，星巴克隔壁桌正好有一名「咖啡廳讀書族」，那麼你可以試著緩緩飄過去詢問：「不好意思，我是兩、三年後即將成為年薪破億韓元的編劇，你有沒有興趣聽聽

看我寫的故事？」大家一開始一定會覺得你莫名其妙，但是很快就會點頭同意，畢竟沒有人會排斥聽有趣的故事。

但是假如對方故事聽著聽著，卻從某一刻起表情變得不是很好，或者把你當成剛從精神科病房裡逃出來的人看待，那麼就要懂得適時的離場，只要向對方誠心地說一句：「抱歉，打擾了。」就可以快閃離開了。你需要的是這種過程，而且是必要的，故事一定要打動對方、使其聽得津津有味才行。

詹姆斯．派特森（James Patterson）這位大哥就曾說：

「寫作前，要先想像自己是在對一名坐在對面的人說故事，然後想盡辦法讓對方不因故事無聊而起身離開。」

詹姆斯．派特森是誰？我也不認識這位大哥，這題再跳過！總之，使觀眾感到沉悶無聊是首要罪過，要是沒有經過向人介紹的驗證過程，就會變成「只有我覺得有趣、只有我看得懂」的故事，進而使閱讀劇本的人憤怒指數上升，或者讓對手產生「我應該可以寫得比她好」的自信。

二、從頭到尾一直都很黑暗的故事

我通常會稱這種故事為「地鐵一號線」，因為就像一直在暗不見光的隧道裡徘徊。

其實大眾普遍還是比較偏好開朗明亮的故事，但這不代表叫你不要去碰類型劇，而是要有情緒的起伏變化，不能老是只有陷在陰沉的泥沼裡，記得要帶觀眾搭上喜怒哀樂、七情六慾的雲霄飛車！

三、一味追隨流行，結果自我毀滅的故事

很多人都喜歡把「流行」兩個字掛在嘴邊，但編劇應該是流行創造者，而不是流行追隨者，我在這個圈子打滾多年，還真沒看過追隨流行結果一炮而紅的案例。

還記得電影《初戀築夢一〇一》（건축학개론，又譯為《建築學概論》）吧？許多影評人都紛紛表示這部電影勾起了三十、四十歲世代的回憶，精準表現他們那個時代的流行趨勢，但其實導演早在電影上映七－八年前就已經企劃了這部電影，以他大學時期的初戀情人作為故事概念。

他們和一間很不錯的製片公司「Myung Films」合作，導演只是把他心中難以忘懷的感動搬上大螢幕，壓根沒去意識流行這件事。不過關於流行，一定要遵守一點，最好避免讓不合時宜的角色人物和小插曲出現。

灰姑娘角色、老鼠屎角色，或者是性別意識敏感度相關的小插曲，這些都需要反映時下流行，但是在劇本企劃的階段裡，流行嘛……我反而認為故事有沒有打動你才是重點。

有時候我們會發現好幾部電視劇的風格很像，也可能只是巧合，比方說，《來自星星的你》、《藍色海洋的傳說》（푸른 바다의 전설）、《鬼怪》（도깨비）、《黑騎士》（흑기사）等，主角都是不死之身，但是如果論哪一部最好看、最火紅，就見仁見智了。

#scene14

主角一定要好管閒事才行

你的主角之所以平淡無奇的七大理由

現在就讓我們來正式進入角色人物的研究，你是不是也很想知道，自己究竟為何會卡在角色人物的設定部分？正是因為以下這幾點原因：

一、主角太被動、不採取行動，而是著重在周遭人物及環境的反應

還記得我之前執筆過的那部被詛咒的傑作——《敬藝術家們》吧？這部故事的主角就是我的助導，比起讓主角實際採取行動，我只有安排一些他親身經歷的事件或周遭人物的反應，結果效果極糟，於是我做了深刻的自我檢討。

我透過這件事情得到了什麼教訓？答案是：主角一定要好管閒事才行。不論是想盡辦法去做某件事，還是對某件事情充滿欲望都好，這樣才會迫使主角面對、與人產生糾

紛或擦出火花。有時候會遇到學員反問我：「為什麼主角一定要有目標？我不想寫那種俗套的作品。」

如果是以前的我就會回答：「好啊，那你試著寫一部主角沒任何目標卻又有趣的劇本給我看。」但是現在的我會說：「那就算了，別寫了！別寫！主角沒目標是不可能寫成故事的，那種內容你可以拿去當散文或部落格文章就好。」

二、主角的目標不夠迫切，所以他的行動無法獲得觀眾支持

說到主角的目標，人們往往會把它想成是像英雄聯盟那樣擁有「拯救地球」的遠大志願，但其實並非如此，即便是微不足道的小目標，只要讓觀眾感受到主角身處的情況十分窘迫，非達成目標不可就好。

電影《馬拉松小子》（말아톤）裡男主角尹楚原雖然有自閉症，但他的目標就是跑完全馬，連續劇《追擊者 THE CHASER》（추격자 THE CHASER）裡男主角白弘錫的目標則是揭發女兒死亡背後的真相，並且替女兒報仇。你再看伊朗電影《天堂的孩子》（Children of Heaven），哥哥為了湊錢買一雙鞋給妹妹，目標是一定要在兒童馬拉松比賽中獲得第三名，因為第三名的獎品正好就是運動鞋。所有愛情劇的主角，也都是經過一番曲折離奇、峰迴路轉，最終領悟到對方就是自己的真命天子或天女，然後和對方在一起或者忍痛離別。

三、不要把主角晾在舞臺外太久

雖然乍聽之下會認為這不是理所當然的事嗎?但其實意外地有許多新手編劇都會犯這個錯。如果從一目了然的場次表一路看下來,說得誇張一點,除了超時的插入鏡頭外,每一場戲都應該要有男主角或女主角出現,你就把這當成是一種寫劇本的法則吧。

觀眾只會對主角的行為和內在感興趣,其他都不在乎。什麼?你想要透過故事副線來交代配角的故事?那就要把配角和主角牽扯在一起才行,不然就會變成各玩各的兩條故事線。切記!當你把主角晾在舞臺外的那一瞬間,劇本就會被放進影印回收紙堆裡。

四、反派或障礙物勢力太弱,導致問題被輕而易舉地解決

這是創造角色人物時要多加留意的部分,記得也要試著幫反派寫一份自我介紹,因為通常一開始都會全神貫注在創造主角上,接下來一定要記得針對反派或足以成為障礙物的系統畫出一幅大圖,讓反派也能替自己的哲學辯駁,如此一來,反派才會變得別有魅力、和主角對等,故事也才能循序擴張。此時要注意的是障礙物的難度設定,一定要設成一開始看似不可能,最終發現其實也不無可能克服;也就是:「impossible but not impossible!」

五、主角的精神世界太高尚，導致角色沒有成長的餘地

我是不是有說，角色如果太完美，就會看起來不像人類？建議你不妨將主角的起點統統退一步。根據哪個基準點退一步呢？當然是根據故事結局，因為主角在結局一定要有所成長或者領悟到某些教訓才行。

主角遇到的處境也是，一開始一定要狠下心把他放進充滿戲劇化的處境裡，通常比較不忍心或者太善良的編劇會捨不得對主角太殘酷，但是如果你要寫劇本，這種懦弱的性格也必須得先放下。

假如你設定的主角是窮苦的求職者，那就要讓他窮到不能再窮，這樣故事才寫得下去，心情也自然會跟著劇情有所起伏。

你想想看小說《罪與罰》，主角是拉斯科利尼科夫，這位老兄因為實在太貧困，最終在當鋪裡還殺死了老太婆不是嗎？再加上他認為自己是基於除掉一個放高利貸的貪婪老婦而動手殺人，所以還自我合理化這項犯罪行為，展現自己的人生哲學。我的意思正是如此，記得要把主角的精神世界和身處情境設定得再糟一點。

建議你不妨去看看我所景仰的作家暨導演李滄東（이창동）拍攝的電影，《薄荷糖》（박하사탕）、《生命之詩》（시）、《密陽》（밀양）等，這些電影主角所處的情況都很戲劇化，你必須把角色人物扔進四面楚歌的困境當中才行。

六、要是主角的內心沒有任何糾結，那麼就會淪為編劇的玩偶

相信我，包含主角在內，出現在你劇本裡的所有人物最喜歡的歌曲就是野菊花（들국화）的《拜託》（제발），全仁權（전인권）大哥每次都會撕心裂肺地高唱著：「我不是你的玩偶——」

假如沒有幫主角安排內心衝突，這個角色就會淪為你的玩偶、任人擺布的木偶，而且會變成一種純屬功能性的角色，只是用來突破你所設立的障礙物，等於是典型只剩「骨頭」的電視劇，無法與觀眾產生情感互動，從這點就能一眼分辨出高手和新手的差別。在李滄東導演的電影《生命之詩》中，主角奶奶發現自己一手帶大的孫子參與了一起性侵女同學的案件，此時這個角色就會出現內心糾結，到底該報警處理還是包庇金孫？像這種內在的自我拉扯與掙扎，就是增加戲劇張力的要素。

還記得我先前有提醒過，要如何呈現角色的內在衝突嗎？沒錯，不要用嘴巴說，要讓觀眾用眼睛去看，當你藉由角色人物的嘴巴去說出內心糾結時，瞬間你就會淪為菜鳥編劇，這點稍後我會再做更進一步的說明。

七、主角身上如果套用太多設定，就會產生重複性的魔法災害

簡單來說，假如主角有「讀心術」的能力，那麼就要將這份能力在劇本中發揮得淋漓盡致，不能再多加其他能力在主角身上，比方說，明明都已經有「讀心術」的超能力了，卻又多給他「穿越時空」的能力，那麼觀眾也會吃不消，最終只會導致故事劇情變得散漫無章。我前面不是有叮嚀過你，即便是主角，也只能賦予他一項魅力技能，只能有一項，你必須憑著這項能力去做盡可能的延伸和發揮，這樣觀眾才有辦法全神貫注在故事當中。

#scene15

深入探究事件，才會出現新事物

想要規劃出好的故事情節，就要知道這三件事

既然前面都已經介紹過寫故事和設定角色人物時該注意哪些事項，那麼接下來，就讓我們一起來了解規劃故事情節時需要注意哪幾點吧！我會告訴你為什麼你寫的故事情節那麼鬆散雜亂、文不對題。

一、你寫的劇本風格是否符合該類型

這點我在先前也有提過，寫好前情提要之後，就要去找十部左右類似的範本來參考，這樣才會體悟出「喔——原來這種故事概念會用這種風格來述說」、「原來這種類型的劇本只能納入這種故事情節」等心得，用我們這行的專業術語就叫作「tone & manner」（語氣和風格），假如劇本違背了這點，讀起來卻還是很有趣，那麼只有兩種可能，

一種是編劇是異於常人的天才，一種則是極有可能淪為被詛咒的傑作（明明內容很不錯，收視率或票房卻很差）。

你知道《一九八七：黎明到來的那一天》這部電影的導演張俊煥（장준환）吧？這部電影是不是拍得很不錯？他是在二〇〇三年以電影《拯救綠色星球》（지구를 지켜라！）正式出道成為編劇的，徹底顛覆了觀眾預期的電影風格。光看電影海報和片名，會以為是一部黑色幽默片，但實際觀賞後會發現，竟然涵蓋了幽默恐怖、社會寫實、科幻等各種類型。

當時業界也有盛傳「張俊煥導演是天才」的說法，但最終這部電影的票房簡直慘不忍睹，也順利登上了「被詛咒的傑作」清單，然而在資本主義社會裡自然是沒有所謂「善良的資本」，直到他拍出知名電影《一九八七：黎明到來的那一天》以前，張導可說是吃足了苦頭，熬過好長一段辛苦歲月。

所以一開始千萬別癡心妄想。什麼時候才可以挑戰創新？等摸透了正統以後，等你有足夠的實力，等你有力量之後。最後一點尤其重要：「等你有力量之後」。

除此之外，還有這種情形，你知道電視劇《我的大叔》吧？這部劇是朴海英（박해영）編劇寫的，榮登我人生最愛的五部電視劇之一，是一部從未說過一次「我愛你」的愛情劇，也是兼具了「收視率」和「作品性」的作品，足以惹哭男人的電視劇。據傳朴海英編劇本來是預計先推出這部作品，再讓《又，吳海英》（또！오해영）播出，但最

後是被一名聰明絕頂的製作人勸阻：「《又，吳海英》比較大眾化，收視率應該會滿好，建議您先推出這部，之後再推《我的大叔》。」

明白這是什麼意思吧？結果兩部作品都創下了不錯的成績，但是如果在兩部都未上映的情況下必須擇一優先播出的話，《我的大叔》的確風險較高，因為劇情一開始太陰沉，所以從電視劇播出策略面來看是非常棒的決定，先靠相對安全的作品站穩腳步，再端出另一部告訴大眾「其實我也擅長寫這種作品」，然後又再創佳績。

二、完全沒寫分場表或場次表

分場表是將劇情依序整理好的文件，「場次表」或「場次架構」則是依照分場表細分成每一個小場次，並用一句話簡單摘要該場戲的文件。

雖說場次表和場次架構是不一樣的文件，但我覺得是毫無意義的爭論，坦白說我在沉潛時期也是從未寫過分場表和場次表，因為我當時覺得那些東西都在我的腦海裡，根本不需要寫出來，但是誰才有資格這麼做呢？沒錯！只有天才編劇才有這樣的本錢。

其實就算是天才編劇，也一定會想好場次架構將其整理出來，這是很重要的一個環節，在所有編劇寫作書裡也都會特別強調，有些人稱這個步驟為「卡片遊戲」，也有人稱「便利貼遊戲」或「場次表遊戲」。

試著在小卡片或便利貼上寫下場次／場所／人物／一句話簡要重點／主角的情緒反

應等，然後張貼在白板上，再用這些內容試想故事情節和畫面，抑或是結構要點（轉捩點、故事情節亮點）等，每當有好點子出現時就隨時增加或刪剪，那麼至少你會比較容易一目了然地看到故事的開頭、中場和結尾，將此作為你寫劇本的方向指南。

每一位編劇在工作室裡都一定會有一樣東西，那就是「大型白板」，白板上也一定會貼有無數張記錄著重要事項、寫到哪裡卡關等內容的便條紙或便利貼，等於遇到卡關的地方無論如何都要想辦法突破才行。雖然我從未這麼做過，但這是非常好的習慣，希望你可以養成。

三、用十倍力氣去深入挖掘足以成為結構要點、故事情節亮點、轉捩點的事件

還記得我前面介紹過的電視劇三幕理論嗎？比方說第一章的引爆劑，第二章的趣味與遊戲、中間點、壞蛋來襲、絕望的瞬間等，其實故事情節中的亮點事件是非常重要的環節，千萬不能用「這樣應該就可以了吧」的心態去寫，因為你就是要利用這些環節去誘惑觀眾。

當你在寫這些亮點時，必須把手放在胸前捫心自問：「這場戲真的寫得好嗎？」「有沒有什麼方法能寫得更好？」而且要寫出讓觀眾不得不追隨的有力事件才行，假如你寫得含糊不清、平淡無味，整部劇本就會變得有氣無力、拖泥帶水。

你說到頭來我還不是只會出一張嘴？是啊，是啊……說來容易做來難啊，但是你就把這當成是成為優秀編劇的必經之路囉！就算難以實踐，也要嚴格遵守！

#scene16

反正先寫再說

編劇在寫劇本時應該具備的態度

幾年前我曾加入ＳＢＳ電視臺評審團，主要是和其他評審一起選出電視劇新銳導演，猶記當時是在進行一段類似「來，請你說說看為什麼想成為電視劇導演，記得要用人生當中三大轉捩點來做說明」的時間，於是一名態度看起來不錯的年輕人回答：

「我家住在新亭洞，ＳＢＳ電視臺面試當天，我從新亭洞一路走到位於木洞的電視臺總部，一共過了十五條斑馬線。每當我過一條斑馬線時，就會告訴自己，將來拍電視劇可能也會像過斑馬線一樣，都是屬於需要默默熬過去的事情……（開始長篇大論）。」

聽完這名年輕人的說詞以後我告訴他：

「孩子啊……拍一部電視劇呢，絕對不是只有像過斑馬線那樣簡單……是扛著三十公斤重的行囊在爬阿爾卑斯山，從最底下一步一腳印地爬上去，完全就是苦行，你怎麼好意思拿過斑馬線來比喻……揍你喔！」

寫劇本其實也是，一開始會覺得前途茫然、滿心擔憂，但是只要邁開步伐往前走，不知不覺間就會發現自己已經走上了這條路、開啟了這趟旅程，走到中途累到要死時，也會停下來吹吹風小憩一下，然後等你走到某個點的時候，眼前自然會出現山峰。

這時一定要聽一首歌，歌名就叫做《山峰》（봉우리）。寫過電視劇《黎明的眼睛》（여명의 눈동자）和《沙漏》（모래시계）的宋智娜（송지나）編劇在寫電視劇以前，曾在教養節目裡擔任過節目企劃，她看著一名在一九八八年奧運會上沒能奪牌而黯然離場的選手背影，決定拜託歌手金珉基（김민기）寫一首歌，最後誕生的歌曲便是《山峰》。原本是要趁喝酒喝到斷片前聽才有感覺，但今天就在神智清醒的狀態下一起聽聽看這首歌吧！

不論是用 YouTube 還是音樂軟體都可以，打開來輸入《山峰》搜尋看看，雖然有很多歌手都翻唱過，但還是原唱最好聽。聽著珉基大哥朗誦一句又一句的詩詞，以及宛如吟唱詩歌般的唱腔，會使我情不自禁地流下眼淚，唉。（真是的，怎麼連個眼淚都管不住……但這首歌真的好好聽。）

這首歌楊姬銀（양희은）大姊也有唱過，如果說珉基大哥的版本比較像是獨自呢喃，那麼姬銀大姊的版本則是有一種撫慰人心的感覺，兩種版本都很經典，推薦你一定要聽

聽看。

如何？內心是不是有變得比較溫暖？我要說的內容也接近尾聲了，從現在起，我決定不再對你囉哩叭唆，畢竟我活到這把年紀，還沒看過有人傷了別人的心還能夠大紅大紫的，人生還有什麼呢，幹麼靠傷害別人抬高自己，對吧？什麼？你的心早已被我搞得傷痕累累？噢……。

#scene17

假如有兩名帥哥同時要向妳求婚？

寫出好臺詞的技巧

這次的主題是如何寫出好臺詞，來談談怎麼寫才會簡潔又有力、充滿巧思吧！雖然有點沒頭沒尾，但我接下來要說的是如何設計臺詞、說明的技巧、鋪陳和收割、轉換場景、蒙太奇手法等內容。

先前我不是有說過，寫電視劇劇本就如同談戀愛嗎？

那麼，假設現在有兩名帥哥同時要向妳求婚呢？

一名帥哥對妳說：「我會愛妳到我此生闔眼的那天為止。」然後送上一束捧花和一枚鑽戒；另外一名帥哥則是演唱著以妳為主角的歌曲，選歌的部分自然是選李笛（이적）的《幸好》（다행이다），應該會滿合適的吧？不喜歡的話就幫妳改成李昇基（이승기）的《嫁給我好嗎？》（결혼해줄래），然後在歌曲結束時把一封手寫詩和細戒指交給妳。

這兩名帥哥的求婚，妳會選擇誰？

對嘛！當然是……什麼？妳會選鑽戒？喂，我告訴妳喔，被鑽戒迷惑步入婚姻的夫妻有九成現在都離婚了，妳這搞藝術的人，怎麼能這麼……。

總之，我承認我的比喻不太恰當，但我想強調的重點是，絕對不能強迫我的情感，而是要靠對方的舉動使我自然產生感受。

先不論妳在現實生活中是不是比較喜歡鑽戒，但至少在寫劇本時切記一定要選後面這位帥哥，這在人文學或這行的術語叫做「少說多做」。

不論編劇想要透過劇本講述多麼深奧的主題意識，或者展現主角多麼具有魅力，抑或是主角內在衝突多麼嚴重，以及一定要向觀眾解釋的資訊或背景，這些都不能直接用說的，而是要透過角色人物的行為或場景道具呈現，假如真要用臺詞表現，那麼就得想出帶有暗示性或替故事做鋪陳埋哏的臺詞。

為什麼呢？因為電視劇是用視覺說故事，觀眾比我們都還要聰明！

電視劇和談戀愛相似的另一個點在於，要對觀眾「欲擒故縱」，靠什麼方法？全憑「靈魂脫離身體」。比方說，當妳在誘惑心儀對象時，如果一開始就一口氣展現妳的一切，豈不是毫無新鮮感，老是主動出擊也很容易嚇跑對方，所以千萬別激動，稍安勿躁，要循序漸進地逐一展現魅力。

和觀眾之間也是，必須由編劇來主導，「來，開場長這樣，引爆劑長這樣，有趣吧？那接下來要正式進入第二章囉！」類似這樣的態度。

所謂「靈魂脫離身體」，意思是指用客觀的角度去思考，「這樣寫觀眾會願意追劇嗎？」「感覺好像在哪一部戲裡有看過相似的場景，觀眾會不會覺得老套？需不需要稍做調整？」「既然觀眾都追劇追到這裡了，要不要在整齣戲的中間點下個猛藥？」等諸如此類的心態。

一旦成功誘惑觀眾，就要透過「欲擒故縱」的方式讓編劇占上風才行，什麼？妳說妳是屬於很容易墜入情網的類型？這倒無所謂，在現實生活中妳是一見鍾情型還是遲鈍木訥型都與我無關，只要記得在寫劇本時要對觀眾欲擒故縱即可。要如何做到這一點？沒錯，透過「靈魂出竅」！

維琪．金（Viki King）是《二十一天搞定你的劇本》（How to Write a Movie in 21 Days）這本書的作者，書名取得非常吸引人，如果妳有興趣也可以看看……。總之，這位作者曾經說過一句話：

「先用感情寫，再用大腦改！」

用大腦改，其實就和我說的透過「靈魂出竅」去確認觀眾會不會乖乖追隨，並藉由「欲擒故縱」的方式撰寫劇本是同樣的道理。

#scene18

光從配角的臺詞就能看出編劇的實力

為了培養寫臺詞的手感而進行的撿臺詞練習

臺詞的基本功能是展現角色、推動故事前進、傳遞資訊，劇本徵選活動上往往會有評審委員強調，光從劇本裡的配角臺詞就能一眼看出編劇的功力深淺度。

我在前面也有說過吧？角色人物最愛的一首歌曲就是野菊花的《拜託》：

「我不是你的玩偶——你也知道的啊——」

新手編劇最不會寫的就是配角或臨演的對白，通常只會寫出功能性的臺詞，比方說，只會讓醫生的角色說出「很抱歉，這名患者只剩下三個月的時間了」這種萬年臺詞，等於完全沒有考量到角色人物的性格。

其實我很常告訴學員，臺詞感是很講求天分的東西，故事情節還可以靠後天練習補強，臺詞設計卻有一部分是難以靠後天養成的。

電視劇《聽見你的聲音》（너의 목소리가 들려）編劇朴惠蓮（박혜련）也曾自嘆不如地

說：

「我實在沒有辦法模仿盧熙京編劇或李慶熙編劇寫的那種底蘊深厚的臺詞。」真是個坦率的人，由此可見就連人氣編劇朴惠蓮也認為寫對白是一件很不容易的事情，但是反觀金銀淑編劇，她就是能把對白寫得出神入化，這世界還真不公平。所以你問我該如何是好？也沒什麼辦法，假如不想寫出「I'm fine, thank you.」這種教科書式的臺詞，那麼就要從日常生活中練習撿臺詞才行。

推薦你看小說家金薰（김훈）的新書《用鉛筆寫》（연필로 쓰기），他把公園裡長輩們閒聊的對話內容統統記錄了下來，十分有趣，當他們在談論死亡話題時，甚至還能感受到一股憂傷，像這樣從日常生活裡撿來的臺詞最為生動。

放眼周遭朋友當中不是也總有幾個能言善道、很會接話的人嗎？當你聽到不錯的臺詞或充滿機智幽默的回答時，不妨抄寫下來，也可以用智慧型手機錄起來，電視劇裡的臺詞一定要與眾不同才行。來一起聽聽看史耐德大哥怎麼說吧：

「有魅力的角色人物，會用不同於你我的方式說話，他們甚至連最日常的對話都會用其獨特的方式進行，所以才會是非凡的人物。」

「在一份好劇本裡，所有人物都會用不同口吻說話，即便只是一句平凡的日常臺

詞：『嗨，我過得不錯。』也會用截然不同的說話方式呈現。」

——摘自布萊克．史奈德《先讓英雄救貓咪！》

說到電視劇經典臺詞，你可能會認為這些臺詞一定要具備文學素養，但其實出人意外地都是來自於平凡無奇的對白，我會將此稱為「金句的平凡性」，不過有個前提是，圍繞在角色人物周遭的事件或情況一定要夠戲劇化才行。

據傳電視劇《沙漏》的編劇宋智娜，當初為了寫出「飯……吃了嗎？」這句經典臺詞，竟花了她整整一星期的時間陷入長考。劇中宇錫準備出門面對人生最重要的司法考試當天，竟遭到一群流氓突襲，他們是來抓泰秀的。一場群架打完之後，宇錫也沒能準時抵達考場，這場考試等於搞砸了。他對泰秀既埋怨又擔心，內心五味雜陳。那天晚上，他獨自一人拖著腳步走在回家的巷子裡，眼前站著的男人正是泰秀。他猶豫了一會兒究竟該先說什麼才好，於是脫口而出的那句話便是「飯……吃了嗎？」

雖然這句再平凡不過的臺詞是宋編劇煩惱了整整一星期才想出來的，但其實最終這句話也是宇錫在那當下那個情境所能脫口而出的最佳臺詞。

這句臺詞後來也在電影《殺人的回憶》（살인의 추억）裡被重新發揮，在廣大觀眾的心中留下了截然不同的深刻印象。男主角朴斗萬在戲裡見到朴賢奎時，心中想著這人絕

對就是連續殺人犯，超想直接狠狠毒打他一頓，再痛快地將他扣上手銬，讓他一輩子只能吃牢飯，但是無奈證據不足……於是他只好用一雙充滿憤怒與憎恨的眼神凝視對方，最後開口問道：

「有按時吃飯嗎？」

聽說這句臺詞也是飾演朴斗萬的演員宋康昊（송강호）絞盡腦汁想了三天才想出來的，因此，當充滿戲劇張力的情況足以陪襯支撐、觀眾的情緒也已經投射在主角身上時，就算只是一句平凡無奇的臺詞，也有可能像這樣誕生成為「經典臺詞」。

#scene19

用不同方式呈現觀眾想要的東西

經典臺詞的原則

唉，其實我也有一段難以忘懷的小插曲，那是我還在擔任助導的時候。你去看盧熙京編劇寫的電視劇《他們的世界》（그들이 사는 세상），裡面會有一段女主角周俊英的旁白，她先用美好的口吻包裝童年與父親的回憶及青春期，然後再以「人生當中的暗黑期」來形容在電視臺擔任助導的歲月，可見擔任助導是多麼辛苦的一件事。

一九九七年，那年我還是一名助導，正在進行《天橋風雲》（모델）這部電視劇的拍攝，拍到超過一半的集數時，某天，也不曉得自己是吃錯了什麼藥，對，前一天好像還因為某件事情而被上頭臭罵了一頓，於是我的腳步不自覺地朝公司反方向前進，等於是臨時決定蹺班。我關掉 BB.Call，朝新村方向前去，然後隨便選了一家包廂式電影院。

我在那裡看了《郵差》（Il postino）這部電影，領略到排山倒海而來的感動，於是我下定決心，「沒錯！我想要拍電影！」那天晚上就直接買了往江陵市的火車票，在車站前還被警方攔截盤查，因為我那身裝扮實在窮酸得像一名流浪漢。我一直心想，「看看那些努力奮鬥的朋友會不會比較能夠重新振作起來？還是到英年早逝的軍中學長墓碑前發一下牢騷、吐吐苦水會好一點？」就這樣整天醉生夢死、醉醺醺地過了三天兩夜，來到該回工作崗位的時間。

我開始感到有些擔憂，於是打算要是公司對我飆罵一番，我就直接遞辭呈。我在大田車站買了凌晨十二點前往首爾的火車票，準備要去確認我的 BB.Call 語音信箱，當時我已經做好心理準備，一定會聽到各式各樣的咆哮謾罵，但是正當我按下確認播放語音信箱時，發現話筒裡傳來的是一名同為助導的前輩留言，他說的那句話至今還記憶猶新：

「正鉉啊……你有吃飯嗎？」

唉，說到那個時期眼淚還是會不由自主地想要奪眶而出……這該死的多愁善感，真是的……怎麼都這把年紀了還……嗚……。

總而言之，一定要記住這句話：「金句的平凡性！」

電視劇《巴黎戀人》的經典臺詞：「寶貝，走吧！」《祕密花園》（시크릿 가든）的經典臺詞：「吉羅琳小姐是從什麼時候開始這麼漂亮的？」但凡你有深情、陌生地凝視過一位愛慕已久的人，那麼這些話一定都是你曾經在內心偷偷呼喊過的臺詞，只是金銀淑編劇讓角色人物真的說了出來。

我的酒肉朋友兼吉他朋友鄭賢珉編劇──寫過電視劇《鄭道傳》（정도전）和《綠豆花》（녹두꽃）──就曾在專題講座上說道：

「各位都會煩惱角色人物和經典臺詞，但其實這是沒有正確答案的，一切端看編劇的人生深度與廣度。」

不過也不需要因此而灰心喪志，別把它想得太難，因為上面這句話強調的是隨時都要帶著溫暖的眼神去捕捉日常中的平凡，不論是角色人物還是經典臺詞，皆來自平凡。

裴由美編劇的作品──《要先接吻嗎？》裡有著這樣的臺詞，請容我引用一下劇本內容：

> 安純真：（望著一片被白雪覆蓋的世界）要趁還能放下的時候趕快放下，這樣才有辦法活下去，不然明天也會像今天一樣痛苦。
>
> 孫憮恨：（用痛苦的眼神看著純真）……
>
> 安純真：（繼續望著雪景）有些痛苦是不會變少也不會習慣的，根本就沒辦法結束。

這是一名痛失愛女的母親所感受到的悲傷。「有些痛苦是不會變少也不會習慣的，根本就沒辦法結束。」這句臺詞是不是也很平凡？可是這句話也害我流了不少眼淚……。

也許世越罹難者家屬同樣承受著這樣的悲痛，也或許裴編劇自己同樣經歷過類似的悲傷也不一定。

再來看下一個的情境吧。

#尾聲

孫憮恨開著車在覆蓋著白雪的動物園路上一路狂飆。
安純真失去意識地躺臥在一張潔白的長椅上。
孫憮恨驚慌失措地在尋找安純真，最後找到了躺在長椅上的她。
在充滿恐懼緩緩走向前的孫憮恨眼裡，
看見的是一隻無力垂落的手臂，正滴著鮮紅色的鮮血在潔白的雪地上。
晚了一步！明明可以阻止悲劇發生的！應該要阻止的，應該要更早認出來的！
孫憮恨雙腳癱軟跪地。
他一臉茫然，悵然若失，過了一段時間才重新回過神來，匆忙地翻找口袋，並掏出手帕緊緊裹住安純真的手腕止血。
孫憮恨抱著徘徊在生死邊緣的安純真在雪地裡拚命爭取時間。
安純真戴著氧氣罩躺在救護車裡，情況危急。
孫憮恨用充滿擔憂與自責的神情凝望安純真。
孫憮恨緩緩地靠近安純真，在她的身旁耳語。
（不能怪妳，真的不是妳的錯。）

安純真闔著的雙眼默默流下了眼淚。
孫憮恨看著安純真的眼淚不禁也紅了眼眶，畫面停留在他那雙悲傷的眼神，第三集結束。

「It's not your fault!」

這是在電影《遠離賭城》（Leaving Las Vegas）和《心靈捕手》（Good Will Hunting）裡出現過的經典臺詞，就算在《要先接吻嗎？》裡重新使用，只要劇中角色身處的情況不同，就不會有任何問題，那場戲呈現得好，觀眾自然會看得投入，我會稱這種情形為「金句的延續性」。

要不要再看最後一個例子？在電影《春風化雨》（Dead Poets Society）裡，還記得基廷（Keating）老師說了什麼嗎？對！就是「珍惜時間，把握當下！」（Carpe diem! Seize the day!）

這麼棒的臺詞究竟會被如何延續呢？以下是任政玉（인정옥）編劇在《隨你心意做》（네 멋대로 해라）這部電視劇裡安排的一段臺詞。

活著的期間要好好活著，死掉的期間也要好好地死著；
不要在活著的時候一副死掉的樣子，

也不要在死掉了以後還想著要活。
身為男人的期間就好好當個男人，
身為身障人士的期間就認命當個身障人士，
在我是愛人的期間就要扮演好愛人的角色，
在我是監護人的期間就要扮演好監護人的角色，
只要這樣過生活就可以了。
不要回想著過去不斷追憶，
也不要預想著未來不斷庸人自擾，
只要活在現在就好。
我們就活在當下吧，好嗎？

來，再看看那句經典臺詞還有被拿去哪一部電視劇裡使用。讓我們來看電視劇《耀眼》的結局，演員金惠子（김혜자）在劇中說了一段旁白：

日子過得痛苦不堪的妳，
只要是誕生在這世上，
妳就有資格享受這一切。

就算沒什麼了不起的一天過去了，
沒什麼特別的一天又到來，
人生還是有其活下去的價值。

千萬不要因為過去充斥著後悔、
未來也只有不安而毀掉現在，
請記得活在今天。

耀眼地活在今天。
你充分具有這樣的資格。

致曾經是某人的母親、姊姊、
女兒，以及自己的妳。

真好！這其實就和春風化雨裡的「珍惜時間，把握當下！」是同樣的內容、相同的哲學，史奈德大哥一直強調的也正是這點。

「用不同方式呈現觀眾想要的東西。」

這句話不僅可以用在創造一部劇的經典臺詞，在設定劇本概念時同樣也很受用。

#scene20

鋪陳、延伸、收割

首尾相呼應的臺詞

《追擊者 THE CHASER》的編劇朴慶秀，他就是站在「金句的平凡性」對角線極端點上的人，因為他寫的臺詞宛如詩篇，隱喻的技術也一流，但是自從在二〇〇六年推出《我人生的 Special》（내 인생의 스페셜）被觀眾戲稱是補丁連續劇[1]以後，他就有好長一段時間沒再寫劇本了。不過我個人認為，他一定是利用那段沉潛期閱讀了大量的書籍，為什麼會這麼說呢？

因為很明顯，《我人生的 Special》與六年後推出的新作《追擊者 THE CHASER》，兩部劇的臺詞深度徹底大不同，終於開始有路燈照亮朴慶秀編劇的人生，而且我相信在他的閱讀書單裡一定有好幾本是詩集。

為了逮捕姜東潤，徐會長把好不容易拿到的手機交給檢察官，並對兒子英旭說道：

「自尊心就像瘋女人頭上戴著的鮮花，
每個村子裡不是都會有這種瘋女人嗎，
頭上戴著鮮花整天四處瞎晃，
不過說也奇怪，
就算摸她臉、打她、推她都還是會對你笑嘻嘻，
但是只要動到她頭上的花，就會瞬間變成石虎展開攻擊，
因為對她來說，頭上那朵花比身體還重要，
雖然大家都以為她是因為瘋了所以才這樣，
但是在我看來每個人都一樣，
每個人頭上都戴著一朵花過日子，
明明是毫無用處的東西，卻誤以為比身體還重要。
英旭啊，對你來說那朵花就是你的自尊心啊！」

姜東潤苦勸白弘錫為何不選擇放棄時的臺詞：

1 因上一部電視劇提早收播，或下一部電視劇延遲開播，導致電視臺出現節目空檔沒內容可播時，臨時拍攝製作而成的電視劇就叫「補丁電視劇」。

「人都是這樣，每個人都會說得頭頭是道，
說什麼我們的友誼會永續長存，然後要成為守護法律與正義的使者，
但是每到做決定的時候，真面目就會一覽無遺。
三十億韓元能使人殺害朋友的女兒，
總理的位子也能使人放棄一生恪守的信念，
然後這些人都會說著同一句話：『我也是沒辦法……。』
每個人都是如此。只要能接受這樣的事實，許多事情就會變得簡單容易。」

最後還有一點要提醒，我在前面不是有提醒過要讓演員「少說多做」嗎？假如不得已還是想要讓他們透過臺詞說出來時，我有提醒你該怎麼做吧？沒錯！把前面鋪好的設定或臺詞進行收割。

像金銀淑編劇寫的電視劇《陽光先生》裡就有許多經典，我們就看其中一場戲如何？也就是非常火紅的橋段——「What is the love？」

還記得劇中前面不是已經和配角先做了一些鋪陳嗎？

「我學了英文，決定要選 love 不選擇當官了，比起當官，我更喜歡 love。」

然後女主角高愛信和男主角崔宥鎮兩人碰面。

「你知道什麼是 love 嗎？因為我想試試看，聽說那是比當官更好的事情。」

於是一連串的經典臺詞就從崔宥鎮的嘴巴脫口而出。

「它比開槍困難，也比開槍危險，甚至比開槍需要更多熱情。」

短短一場戲，集合了鋪陳、收割，以及只有高愛信自己不曉得「love」這個單字的戲劇化故事，把「love」比喻為開槍的臺詞也接得恰如其分，簡直是出動了所有編劇技巧，哇，真是妙語如珠！（讚嘆連連）

並且我有說過，一旦鋪陳了以後就要幹麼？要想盡辦法用這個鋪陳去進行延伸發揮，對吧？就如同這場戲在之後也有被拿來重新發揮一樣，崔宥鎮最終說出了那句經典臺詞：「一起做那件事吧，love！」我前面有說明過三次法則吧？其實延伸到第三次都無所謂，當然，不能三次都一模一樣，一定要在情境或人物情感上做出一些調整。

#scene21

不是吵架就是搞笑，再不然就是很有看頭！

寫出巧妙解釋情境的臺詞技巧

接下來不妨來談談巧妙解釋情境的技巧，通常新手編劇在寫劇本時最不擅長的就是「解釋」，隨著電視劇內容播出，往往會有一些訊息、背景或真相是必須向觀眾交代的，新手編劇最常犯的失誤就是讓角色人物透過臺詞一句一句地把這些緣由始末解釋清楚，不然就是只有編劇自己知道某些真相，卻遲遲不透露給觀眾知道。這樣的話觀眾很快就會轉臺，而且還會給出「這位編劇沒什麼料」的評價。

來，你先回想看看學生時期總是被學生們評為「只要是上這個老師的課，就會很容易記住重點」的老師，這些老師都有著一個共同的特質：搞笑、有趣，他們會先用這種方式突破學生的心防，然後再將知識一一植入學生腦海，整個課程上下來十分有趣，寫劇本其實也是類似的原理，看了一連串有趣的情節以後，不知不覺就得到了這部劇要傳遞的主要訊息。

你只要記住兩件事：

不是衝突就是幽默！換言之，不是吵架就是搞笑！

民眾最喜歡觀望的事情不外乎就是吵架和火災，所以你可以放入吵架的橋段，或者像學生時期很會炒熱氣氛的老師那樣，先突破觀眾的心防，再將你想要傳遞的訊息不知不覺間深埋在觀眾心裡。

假如情況不允許你這麼做，那麼就來結合非常有看頭的戲碼，或善加利用觀眾的好奇心。

以下是利用吵架情境進行編劇解釋的一場戲，出自李慶熙編劇寫的《素英她母親》。英淑是一名智能障礙者，她有個女兒名叫素英，光石則是深愛英淑的善良流氓。

（請見附加內容二四三－二四五頁）

讀完了嗎？這場戲就是透過母女倆的爭吵，自然而然解釋了英淑辛苦艱困的過去，而且還令人不禁鼻酸……

至於如何運用有看頭的戲碼或觀眾的好奇心，則可以不用想得太過於複雜。

首先來說說非常有看頭的戲碼，還記得電影《第六感追緝令》（Basic Instinct）裡莎朗・史東（Sharon Stone）姊姊翹腳坐的經典畫面吧？只要她那雙性感的美腿一伸出來交叉坐，不論接下來要說什麼臺詞，都會使觀眾全神貫注仔細聆聽。

而好奇心的部分，你只要記得史奈德說過的「把教宗丟進泳池裡」即可，先讓觀眾產生「梵蒂岡聖伯多祿大殿裡竟然也有泳池？」的好奇心與看頭，接下來不論教宗說什麼，自然會使觀眾專注投入。

然後在「解釋」這件事情上，最重要也千萬不能忘記的一點是，不要一開始就全盤托出，要一點一點慢慢透露，我不是有說過要對觀眾欲擒故縱嗎？就是這個道理。

據說一名紅極一時、如今鮮為人知的編劇曾經親口問過李熙明（이희명）編劇，「哥，你怎麼能連續寫出三部迷你連續劇？到底祕訣是什麼？」結果李編劇一臉羞澀地說道：

「只要讓觀眾感到好奇就好……。」

#scene22

不要讓角色漫無目的地遊走在傍晚街頭

幫助觀眾產生移情作用的蒙太奇手法

接下來要講的是蒙太奇，你該不會要問我什麼是蒙太奇吧？辭典上的定義是透過畫面與畫面、場次與場次之間的結合與衝突創造出意義的一種剪輯手法，我看許多人只是把蒙太奇當成劇情裡的過場時間來使用，但其實導演最花心思的部分就是蒙太奇手法，因為這會展現出一名導演的功力。

通常一部戲會在「開場」、「趣味與遊戲」、「孤獨的靈魂」中使用大量的蒙太奇手法，最重要的是，即便使用蒙太奇手法，也要讓觀眾留下情緒上的印象才行。比方說，在「開場」或「趣味與遊戲」所使用的蒙太奇，主要是讓觀眾參與同樣的快樂情感，而在「孤獨的靈魂」中使用的蒙太奇，則是要讓觀眾一同感到孤單或惋惜。

我們以電視劇《守護老闆》裡的第一集第一場戲作為「開場」蒙太奇的示例，編劇為了用充滿節奏感的方式說明八十八萬韓元世代[1]求職者盧恩雪這個角色，刻意讓時空背景不停交錯，等於是用蒙太奇手法裝飾了這部劇的開場。恩雪的過去、性格、目標等，都跟著輕快的節奏自然展現（請見附加內容二四六－二四九頁）。

接著是在「趣味與遊戲」中使用的蒙太奇手法，恩雪好不容易成功面試上祕書室裡的工作，但是她的主管好巧不巧正是之前與她結下孽緣的車智憲，這個橋段就戲仿了電影《穿著Prada的惡魔》，把祕書恩雪和本部長智憲剛開始一起上班的模樣有趣地呈現出來。（請見附加內容二四九－二五一頁）

最後我們以《要先接吻嗎？》這部劇來談如何在「孤獨的靈魂」處使用蒙太奇手法，劇中有一場戲是憮恨在向純真坦承自己來日不多的事實。（請見附加內容二五二－二五五頁）

這場戲的最後就是以隧道和封住的牆壁來展現走投無路的純真，這部分要是沒有經過精心安排，就會寫成「漫無目的地遊走在漆黑的街道上」，所以即便要用蒙太奇手法呈現，也記得一定要將共感力和視覺化呈現擺在第一順位。

---

1 指韓國一九七〇年代末期至一九八〇年代中期出生的世代，因為平均月薪只有八十八萬韓元，故以此代稱整個世代。

#scene23

凡事用臺詞交代，觀眾絕對會轉臺

視覺化、行動化的方法

接下來這個章節要談的是「衝突」，也就是阻擋主角去達成目標的反派或某種體系，這部分屬於外在衝突，除此之外，還要安排主角的內在自我衝突，我之前有提過，要是忽略了這個部分，角色人物就會淪為編劇的玩偶，還記得嗎？而且就算是反派角色，也一定要有其強而有力的自身哲學。人物的內在衝突最好不要用偷懶的方式直接以獨白呈現，而是要用外在化（視覺化）或行動化的方式讓觀眾看見，這些應該也都還有印象吧？

其實在劇本裡很常強調這幾點，由於電視劇講求的是臺詞的藝術，所以很容易用臺詞來呈現衝突，然而，只要用對地方，整部劇就會變得更有層次也更加豐富。

《我的大叔》裡有許多經典畫面，我們就從中挑選兩場戲來看吧！

第十四集，鄭熙去到謙德所在的寺廟，站在後方角落用悽慘的心情聆聽謙德講經說法：「我本來傷心欲絕，但是在奉恩寺石窟裡參禪了三天以後，內心舒坦許多。山羊變得可愛，小草也變得討喜……。」

接下來自然要讓這兩個人見面吧，而且鄭熙也要在這裡爆發一次才合情合理。

「下山吧！下山啦！你連山羊和小草都能愛了，為什麼就是不能愛我？」（中略）

謙德內心開始動搖，他的內在衝突究竟會如何透過行動外在化呈現？他獨自走進廟裡，然後將門鎖上，等於是自我囚禁，就如同當初他心痛到躲進石窟裡一樣。

那你還記得這部劇的最終回，朴東勳思念著李至安的內在衝突又是如何呈現的嗎？他一如往常地在家中吃著涼掉的白飯，然後獨自哭泣，沒有任何臺詞，卻惹得觀眾熱淚盈眶，這就是我要強調的內在衝突視覺化，先去思考按照角色人物當下的心情會採取什麼行動才對。

還有另一場戲是鄭熙喝醉酒自言自語，這場戲也是看得令人揪心，主要是因為在這場戲之前已經把鄭熙多麼孤單一事視覺化呈現的緣故，所以到這場戲出現時才會達到令觀眾不禁心疼她的效果。她的臥房就位在小酒館的店內二樓，每天營業結束一定會把店家大門鎖上，彷彿住家是在別處似地，和其他人一起在外面繞一大圈才回家，然後等其他人都各自返家以後，再默默拉起店鋪大門，自言自語地走進店內。正因為有做到內在衝突的視覺化，以及自言自語的鋪陳，所以在做收割時就會產生強烈的情感起伏。

最後一點，如果把體系上的衝突作為整部劇的故事背景，就能使一部電視劇變得更為豐富。關於這個主題我會搬出沈山大哥，因為他曾將衝突定義為「兩者相互碰撞後產生的故事」，簡直就是精闢的洞察！

沈山大哥沒有把電影《朋友》裡的衝突單純視為李俊碩和韓東洙之間的摩擦，他們真正的敵人其實是卑鄙至極的韓國社會，他們的行為偏差，但他們的友情是可以為兄弟兩肋插刀的，然而因為身處在韓國社會這樣的體系下，最終不得已只能選擇拔刀相向。

同樣的，沈山大哥也沒有把電影《共同警戒區》（공동경비구역 JSA）裡的衝突結構，單純視為南北韓哨兵之間的摩擦，反而這四名哨兵都很純真，可笑的南北韓分斷體制才是僵硬古板且非理性的。

如何？是不是可以理解我的意思？我會把《朋友》和《共同警戒區》的衝突稱作是「社會衝突」，除了外在衝突、內在衝突外，假如還有這種社會衝突被鋪在整部劇的背景裡，那麼層次感和豐富度就會更上一層樓。

電視劇《Sky Castle》也是如此，不是嗎？雖然人物之間的衝突已經很戲劇化，但在整部劇的故事背景裡，有著韓國社會病態式、非人性化的升學制度，最終所有角色都在與這宛如龐大怪獸的升學制度抗衡，我認為這點就是這部電視劇之所以能開低走高的主要祕訣。

#scene24

觀眾比你想像中還要聰明

如何設定伏筆及轉換場景

這次要談的是鋪陳和收割，這是為了把電視劇裡的「伏筆」拉到更高層次去表現，所有好劇本一定都會有精湛的鋪陳和收割技法，就如同我前面舉例的《陽光先生》「What is the love？」那場戲，還有印象吧？

首先，你可能會好奇在做鋪陳時到底該鋪什麼，其實不論是透過角色人物的臺詞、道具、形象、音樂、主角的某種習慣、內心陰影，還是一整段戲……等都可以做鋪陳。

鋪陳時需要注意的是要自然而然地隱約進行，不能讓觀眾有所察覺，而且最好是鋪在第一章或第二章的開頭，要是太晚才開始鋪陳，收割時就很容易被觀眾一眼看出，也會倍感負擔。然後既然都已經鋪陳了，就記得一定要盡可能地藉此去做延伸發揮，這時也可以按照「三次法則」將同樣的哏發揮三次。

也就是說，從鋪陳到收割，過程中視情況重複利用同樣的哏作微調呈現三次都無所謂，只要你鋪得夠好，收割時就能帶給觀眾驚人的感動與情感衝擊。

接下來我要談的是轉換場景，我希望你可以把手放在胸前捫心自問，這一場戲一定要存在嗎？假如這場戲不是必要的戲，那麼建議你直接大膽地刪除，直接跳過，不需要一字一句按部就班呈現。因為觀眾比你想像中還要聰明，在你掌握主導權對觀眾欲擒故縱前，都要加緊腳步趕進度才行。

要不要先來看看最基本的轉換場景示例？以下內容是出現在《守護老闆》第一集裡的內容。

S# 六十五，機場前車智憲的車

智憲連看都沒看車內就直接一股腦地坐上車子後座，結果怎麼感覺有點奇怪……坐在一旁的宋女士，戴著墨鏡望著他。

智憲：呃啊！（嚇到沒認出來）妳……妳誰啊？

宋女士：（緩緩摘下墨鏡）

智憲：（準備逃跑）

宋女士：（從容不迫地一手抓住智憲後方衣領）

智憲：（咳，快窒息）幹麼啦奶奶，哎呀，真是的！

宋女士：（抓著門）關門！（對朴司機說）去公司。

智憲：我怎麼可能去公司啦，也太丟臉（試圖重新掙脫卻掙脫不掉）。

S# 六十六，集團樓下

智憲的車子抵達，智憲發著牢騷但還是下了車。宋女士在車內眼神銳利地盯著智憲，智憲環顧四周，先確認車會長在不在現場，才走進大樓裡。

我在第六十五場戲智憲一說完最後一句臺詞時就以胸景[1]推進，然後在第六十六場戲的第一個畫面再以智憲的胸景拉出，帶到智憲已經抵達公司的全景，這樣就能產生節奏感。

對於浪漫喜劇片來說，一開始的節奏感十分重要，但是新手編劇往往會因為從機場到公司的距離太遠、與實際情形不符等顧慮，瞎操這種沒意義的心而多加一場戲，比方說「S# 六十五之一，智憲的車行駛在機場附近的海邊道路上」用這種方式增加畫面。但是就因為多寫了這一句，製作成本就增加，而且還浪費時間，降低電視劇的節奏感，因此，強烈建議你要大膽果斷地刪減這種戲分，這樣才會使你的劇本產生節奏感。

再介紹你一個轉場技法，急速跳接與省略容易使觀眾突然恍然大悟，並且更加專注投入。

你有看過美劇《陰屍路》（The Walking Dead）第一季嗎？其實我是個心臟滿脆弱的

人，所以很少看殭屍片，但是在我看完第一季以後簡直驚嘆連連。

一般來說，播完片頭以後就會出現片名，接著開始進入正片不是嗎？然而夏恩和瑞克在車上閒聊了幾句以後，馬上展開一場與持槍嫌犯的槍擊戰，受傷的瑞克住進醫院，他頭暈目眩地看見夏恩帶著一束鮮花前來醫院探病，重新睜開眼睛時，床頭邊擺放的花朵已經枯萎，牆上的時鐘也已停止，整棟醫院宛如廢墟……世界已經被殭屍占領！是不是很震撼？這場戲宛如引爆劑，用較少的經費達到十倍多的情緒印象。

電影《霸道橫行》（Reservoir Dogs）和電影《2001太空漫遊》（2001: A Space Odyssey）的片頭也是以類似手法呈現，不妨作為參考。

除此之外，還有先說完臺詞把一場戲好好結束之後，再轉移至下一場戲的轉場方式。以下是一名升上電視劇編劇教育院創作班的學員所寫的一場戲。

S#一，英媛婚宴會館裡的宴客廳／D

宴客廳裡正在舉行婚禮，講臺上的主婚人畢秀（男，六十歲）正在致詞。

1 以頭頂上方至胸線下為範圍。

畢秀：自古以來，結婚一直被視為人倫之大事，男女雙方決定以彼此作為終身伴侶、共組家庭，乃神聖且備受祝福的日子。

身穿精美韓服的雙方家長，以及專心聆聽致詞的賓客畫面上方

英媛：就是一種作秀的概念吧，向所有人宣告從今以後只會和一個人合法上床，然後把過去撒出去的禮金統統收回。

畢秀與滿臉幸福的新郎新娘鏡頭畫面交叉

畢秀：今後我們將彼此配合
英媛：強求原諒與忍耐
畢秀：這是幸福夫妻生活最需要的
英媛：悲劇。

隨著結婚進行曲響起，新郎新娘滿臉洋溢著幸福踏上純潔的道路。
畫面上方出現片名《英媛婚宴會館》

S# 二，英媛律師事務所／D

寫著「盧英媛律師」的桌牌後方牆壁上，貼滿離婚專業執照及結業證書，畫面上方

英媛：不過既然都已經來找我了，就再也不會有悲劇發生。

英媛（女，三十四歲）和委託人（女，三十多歲）在待客用的沙發上相對而坐。

是不是呈現出了鮮明的角色，並透過交叉衝突的角色臺詞，讓前後戲接得簡潔又流暢？

除此之外，讓角色人物跳過時序變化也是經常用於場景轉換的手法之一。比方說，電視劇《沙漏》（모래시계）裡就有一場戲很經典，年幼的惠琳盪著鞦韆，在一旁守著的人是在熙，攝影機不停旋轉，年幼的惠琳也瞬間轉成大人（高賢廷飾），同樣坐在鞦韆上。

電影《新天堂樂園》（Cinema Paradiso）裡也有一幕是艾費多大叔用手遮住年幼的沙瓦托臉龐，然後再把手拿開時，沙瓦托已經是長大成人的樣子。

還有電影《美麗人生》（Life Is Beautiful）基多和朵拉的求婚戲結束後，緊接著上演基多找不到家門鑰匙而驚慌失措的畫面，攝影機跟隨朵拉，她走進住家旁的小花園，然後

出鏡，接著馬上出現人物臺詞，「孩子啊！在幹麼呢？上學要遲到囉！趕快出來啊！」率先跑出來的是一名七歲少年，基多和朵拉隨後也跟著出現，這場戲也堪稱是經典。

另外也有靠聲音或行為的相似性來進行轉換場景，但這是屬於導演的範疇，我們就先跳過不談吧！

轉換場景時需要注意的部分是，情況和時間經過可以大膽地跳過，但是在感情戲的部分則萬萬不可，尤其是重要的感情線，更是要努力不懈地去做延伸發揮，直到觀眾感到稍微有點膩的時候才趕快收手停止。切記，電視劇就是「選擇與專注！」

第三章

結尾

電視劇是「九成的熟悉感與一成的新鮮感」。

#scene25

其實還滿有用的八個問題

聽我嘮叨了這麼久，實在是辛苦你了。從現在起，正式解除「你是學生，我是老師！」的模式。雖然很想要塞個紅包給你，祝福你接下來在編劇這條漫長路上一切順利，不過我也是每個月被孩子們的補習費壓得快喘不過氣，只好付出勞力，努力多寫一些內容給你實質上的幫助囉！來，接下來要談談其實還滿有用的幾個問題，既然都讀到了這裡，相信你的提問水準一定也會和一開始不同。來吧，給你問，隨你問，愛怎麼問都可以！

Q1：有些人建議要先練習寫短劇，有些人又說短劇已經沒落快要消失，所以當然要先練習寫迷你連續劇，這些訊息搞得我好混亂，到底該如何是好？

首先，一定要先會寫短劇才行，假如連短劇都寫不好就想直接寫迷你連續劇，我可以保證百分之百會石沉大海。為什麼呢？因為寫劇本也可以完全套用「質量互變規律」。

「質量互變規律」是唯物辯證法的基本規律之一，意思是要先有量變才會導致質變，通常都是以水煮到攝氏一百度時會成為氣體來做比喻。

因此，你要先藉由短劇練習與觀眾「欲擒故縱」，培養好主導觀眾看劇情緒的能力，才有辦法寫出迷你連續劇。有時在寫短劇時腦海中會突然浮現迷你連續劇的元素，那麼就把這些元素好好收藏起來，等你寫劇本的能力達到質變時，再來著手進行迷你連續劇的寫作也絕不嫌晚，所以別太擔心。不過我知道身為當事人的你一定會很焦躁……心急如焚……。

我總是會勸編劇：「作品什麼時候被拍出來並不重要，重要的是，當你把手放在胸前捫心自問，確定到第八集內容都寫得精彩可期時，劇組再來正式開拍才能保證會紅。」

多少部作品都是還沒有這樣的把握就直接開拍，最後也無疾而終的……如此一來你就會淪為被眾人遺忘的編劇。像曹承佑（조승우）和裴斗娜（배두나）主演的連續劇《祕密森林》（비밀의 숲），從劇本概念設定到實際播出，就是花了整整十年時間。

透過徵選活動正式出道成為編劇，其實就像考到駕照一樣，不論你是靠短劇還是迷你連續劇取得駕照都無所謂，而且迷你連續劇劇本徵選更難被錄取，因為新人或過去被觀眾遺忘的編劇也都會來投稿，所以奉勸你稍安勿躁，至少寫出四部完成度高的短劇、培養好寫劇本的功力之後再來準備寫迷你連續劇也不遲。在此所指的完成度高並不是只有你自己認為，而是要可受公評且得到認可才行，了解我的意思吧？

Q2：聽說有些劇本特別容易被徵選活動錄取，是真的嗎？想要了解一下具體內容。

在我看來這也是一種出自焦躁或嫉妒的陰謀論，怎麼可能有這種劇本呢？一切端看你寫得有不有趣、能否打動人心而已，根本不需要去理會這種謠言，當然，就如同世上所有考試都不可能達到完全公平一樣，劇本徵選活動也絕對不可能公平。

鄭賢珉編劇就曾公開說過，「徵選活動會不會錄取你寫的劇本，三分靠技術，七分靠運氣」，不過這也是有前提假設的，至少劇本的完成度要夠高才行。

鄭賢珉編劇原本是擔任國會議員的輔佐官，算是滿晚才加入電視劇編劇課程，在他完成基礎班課程升上研修班時，其劇本《運動圈 vs 運動圈》才雀屏中選，故事主要是以地方自治團體的體育隊結構調整為題材。據傳當時在決定劇本錄取與否的最終審查會上，一名評審說道：

「都什麼年代了還在寫運動圈的故事。」

正當現場瀰漫著這份劇本即將慘遭淘汰掉的氣氛時，就在那時！將他從危機中解救的貴人正好出現：

「不會啊，劇本還是滿有趣也滿感動的，我們還是需要這種社會寫實型的劇本。」曾經寫過SBS電視臺電視劇《操作》（조작）的金賢政（김현정）編劇，當初就有劇本被徵選活動錄取，那是一部迷你連續劇，劇本名稱是《就業的條件》，主要在講述求職者的青春故事，讀完以後我是有被打動的，但是總覺得討厭社會寫實型劇本的評審應該不會給予太高評價，所以你知道我當時做了什麼事嗎？我竟然給這部作品評為一百分，因為擔心會被其他評審刷掉⋯⋯。

嗯？你的表情怎麼看起來很不安？你是不是在擔心要是自己寫的劇本沒被我這種慧眼獨到的評審發掘該怎麼辦？別擔心，讓我分享兩個案例給你聽，你就會安心一點了。

tvN頻道不是有推出短劇系列《Drama Stage》（드라마 스테이지）嗎？主要是從O'PEN徵選活動錄取的二十部作品中選出十部來製作成短劇。O'PEN是韓國娛樂財團CJ E&M與旗下電視劇製作子公司Studio Dragon和CJ文化財團合作，支援招募新人電視電影編劇、腳本劇本企劃研發、影視製作、劇組編制及商業夥伴配對等所有過程的創作者養成事業，每年都會舉辦短劇徵選活動。

這是既美好又令人羨慕的制度，甚至使人讚嘆不已。其中有一部作品是《今天也拿鈴鼓》（오늘도 탬버린을 모십니다），描述一名約聘女職員為了轉正職而孤軍奮鬥的故事，她最大的缺點是每次只要同事聚餐續攤去唱KTV就會把場子瞬間弄冷，所以她

甚至還有去報名專門學習如何敲鈴鼓的補習班。

這部作品後來遇見了很好的導演，拍出來的成品也獲得好評，但是你知道嗎？這份劇本是我當初在ＳＢＳ劇本徵選活動第二階段審查時就已經審過的作品，我當時讀得很滿意，還給了滿高的分數，但是後來在看錄取作品名單時，發現連第三階段最終審查都沒進，在第二階段就被刷掉。

再告訴你另一個案例，當時是慶尚北道文化內容振興院在進行兩集電視劇劇本徵選活動，有一部作品名叫《精鹿派趙芝暈》（정록파 조지운）[1]，故事是在述說一名曾經是文青的黑道流氓被人追殺，躲回家鄉隱姓埋名，然而他的家鄉正好是青鹿派（청록파）詩人趙芝薰（조지훈）的故鄉，好巧不巧，他也在某個因緣際會下在那裡向村子裡的人指導詩詞，使整個村子變得詩情畫意。

這是一部很有情調的作品，我甚至想助它一臂之力將其推向大獎，結果沒想到竟榮獲了最優秀賞[2]，不過後來我才得知原來這部作品曾在ＳＢＳ最終審查階段被刷掉過。

這樣還是起不到安慰作用嗎？嗯……那我再告訴你一件事吧。有位大哥名叫李萬教（이만교），他是撰寫《周末同床》（결혼은，미친 짓이다）這本小說的作家，他出過兩本與寫作有關的書，其中有一段文字至今都令我印象深刻：

從今以後我想要把「夢想，終究會實現！」這句話修改成「夢想，早已實現！」只要我們全心全意投入！

至於能否被人認可，只是時間早晚的問題罷了。

然而，不論那些張三李四如何看待我們，對於我們這些藝術家來說，那些評價一點也不重要！

——摘自李萬教《改變我的寫作工作坊》（나를 바꾸는 글쓰기 공작소，無中譯本）

假如你已經全心全意投入，那麼你的寫作功力一定會達到質變，某天絕對會突如其來地接到電話通知，現在只是因為一些社會驗證流程或機構現況使你的出道時間稍微延後而已，千萬不要感到輾轉不安，好好專注於現在當下的寫作即可。

嗯？可以理解我的意思吧？這用人文學用語就叫作「囊中之錐」，只要劇本寫得夠好，不論透過哪一種管道，你遲早都會成為電視劇編劇。所以千萬別心急，一定要持續

---

1 劇名是故意把青鹿派詩人趙芝薰的「青」和「薰」動了手腳。

2 比大賞更好的獎項。

練習寫劇本，沒什麼好焦慮不安的。有一部法斯賓德（Fassbinder）導演拍攝的電影片名不是就叫作《恐懼吞噬靈魂》（Ali: Fear Eats The Soul, Angst Essen Seele Auf）嘛！

有些老師甚至會告訴學員，KBS電視臺通常喜歡錄取家人關係和樂融融的作品，O'PEN則是偏好類型劇，雖然的確是如此，但這並不是他們偏好類型劇，而是因為投稿作品當中類型劇較多，所以從比例上來看自然會顯得比較容易錄取；此外，我也相信不論是任何作品，寫到後來自然而然都會變成家人關係和樂融融。

Q3：聽說有些編劇是在徵選活動上落榜，後來卻透過其他管道出道，能否分享一些相關實例呢？我也想找找看有無其他可能。

第一種是先靠電影劇本出道，再轉任電視劇編劇；比方說，寫出電視劇《男朋友》（남자친구）的劉英雅（유영아）編劇，當初就是憑藉電影《7號房的禮物》（7번방의 선물）聲名大噪，然後才轉而寫電視劇。寫出《屍戰朝鮮》（킹덤）、《信號》（시그널）的金銀姬編劇，第一部執筆的劇本也是電影《愛，在那年盛夏》（그 해 여름）。編寫《青春時代》（청춘시대）、《戀愛時代》（연애시대）的朴蓮善（박연선）編劇也是先靠電影《我的野蠻女教師》（동갑내기 과외하기）闖出知名度。

第二種是先在大牌編劇的工作室裡擔任助理編劇、結構編劇，藉此累積實力，比方說，曾經待過宋智娜（송지나）編劇工作室的編劇、崔完圭（최완규）編劇的徒弟、金榮

眩（김영현）編劇和朴尚淵（박상연）編劇的徒弟，金銀淑編劇的徒弟、姜銀慶（강은경）編劇的徒弟等。

第三種是藉由自己寫的小說或網路電視劇等打開了知名度以後，再被製作公司相中，或者透過新春文藝[3]登壇，再經過一段養成過程然後正式出道。

第四種則是如前所述，在徵選活動上不幸落榜的作品，被眼光獨到的導演或製作公司相中。

Q4：想要寫的故事與需要寫的故事，兩者當中我該把重點放於何者？

這個問題雖然看似難以抉擇，但其實答案早有定奪，建議你一定要在練習寫作的過程中，去發掘自己最擅長寫的劇本調性，你絕對會是最清楚答案的那個人。如果是寫自己不感興趣、純粹為了需要而寫的劇本，那麼百分之百也不會有好結果。

有時編劇的確會接到製作公司的急件邀約，例如：改寫成劇本或需要代筆等，這時千萬不要抱持感恩的心一口答應，你必須審慎評估，除非是真的情況不得已牽涉到生計問題，不然我會建議你最好鄭重拒絕，因為就連編劇自己都寫得沒感覺了，要如何打動

3 目前有二十八間報社在舉行新春文藝活動，主要是為了發掘新人作家。

觀眾的心？這不合邏輯嘛！

Q5：通常在提拔新人編劇時，最重視哪一點？

一般來說會比較著重在劇本整體完成度與劇本寫作的熟練度，不過……你應該是想要聽更詳細的回答吧？如果真要指出哪一點，我想應該是臺詞寫得巧妙與否，或者有沒有具備安排劇中小插曲的能力，以及場景的情緒掌控力！故事情節還可以靠遇見好導演或製作人學習，但是演員旁白就是純屬於編劇的能力範疇了。

所以比起劇本架構，在工作現場會更注重編劇的臺詞設計功力，這是沒有人能指導的，如果是劇本架構上的問題還能提供相關對策或建議，但是演員臺詞如果寫得不夠精湛，頂多只能做出「對白寫得好老套」諸如此類的回應。然後要記得，不論在任何領域都是如此，大家對新人的期待永遠都是積極進取或展現令人刮目相看的價值，還有讓人覺得好像滿有個性、有在主導劇情發展的敢作敢為態度。

Q6：近年來，浪漫喜劇或愛情劇收視率一直不如預期，原因究竟是什麼？

這不是因為最近的流行趨勢使然，而是因為沒有好的劇本。其實在電視劇裡，浪漫喜劇和愛情劇是屬於永遠都有觀眾緣的類型，網友們不是也說，韓國電視劇不論在醫院、法庭、各式各樣的地方都可以讓男女主角談戀愛嗎？換言之，愛情劇是我們最會拍的，但往往職人劇的主要故事情節一點都不有趣，內容空洞，所以只好靠裡面的愛情線去作故事發展，才會被網友詬病。

假如故事主線編排得精彩可期，故事副線又帶有愛情元素，那才叫錦上添花！但是如果你對於處理愛情線沒把握，大膽地捨棄也是選項之一，因為事實上愛情戲也不是人人都能寫，沒有想像中容易。

Q7：隨著 Netflix 或 YouTube 等影音平臺出現，我們該做好哪些準備？在目前的工作現場，有做好哪些事前準備呢？

OTT 市場（Over-the-top media services）每年都在變化，製作公司和電視臺也都為了適應這樣的變化而忙得焦頭爛額，但是你不需要考慮這個問題，這是他們需要操心的事，為什麼呢？因為就算大環境再怎麼改變，製作電視劇的本質永遠不變。

打動人心的是電視劇的情緒，當然，電視劇的格式多少還是會因平臺而做調整，但那些技術上的問題根本稱不上是問題，都很容易適應，重點還是在於內容本身！

Q8：我覺得自己已經到達寫作上的質變，現在開始想要嘗試寫迷你連續劇，我該從何開始才好？迷你連續劇和短劇的企劃案有何差異？

「哎喲！這麼有自信！很好，那麼接下來就讓我來告訴你，如何企劃一部好的迷你連續劇！」

要是能這樣回應你該有多好，但其實我自己在面對這項問題時也總是舉棋不定，我看有些講師還專門只教迷你連續劇的劇本寫作，而且現在的電視劇教育院創作班課程似乎也有因應時代潮流，把重心更放在迷你連續劇的部分，以前反而都只有教短劇，在我看來這是正確的決定，畢竟連我都會想要去旁聽這些課程內容。

嗯……那我就根據我的直覺來說說看好了。首先，在我看來，短劇和迷你連續劇的差別在於如何將故事做延伸擴張，假如你要寫迷你連續劇，那麼一開始要準備寫故事時，最好先用宏觀的角度去思考，不要用寫短劇的方式進行。還記得我在前面分享過的XY遊戲嗎？當X遇上Y或X的Y版本。

我現在正在企劃的迷你連續劇也是套用這樣的法則，是一部和《要先接吻嗎？》類似但劇本發展方向不一樣的愛情劇，我是以「當電影《初戀築夢一〇一》遇上四十世代」或者「當《初戀築夢一〇一》遇上連續劇《妻子的資格》（아내의 자격）」作為出發點去發想的。

「九成的熟悉感和一成的新鮮感。」

雖然乍聽之下會覺得這句話好像沒什麼，但其實這句話足以發揮極大的威力，因為光是那一成的新鮮感，就足以使整部電視劇變得新穎脫俗，假如你一直埋首於尋找全新的劇本寫作靈感，那就會很容易找到心力交瘁，如果遲遲等不到靈光乍現的瞬間，那就建議你先在大框架之下透過XY遊戲先開始再說，這會是最上策，等進入細節設定時，角色人物、背景、故事情節都會再做更改，所以觀眾會認為是一部全新的電視劇。

當電視劇《追趕江南媽媽》（강남엄마 따라잡기）遇上「家裡的怪物」就會變成《Sky Castle》，《來自星星的你》女生版就是《藍色海洋的傳說》，《守護老闆》遇上懸疑愛情就會變成《金祕書為何那樣》（김비서가 왜 그럴까），《白色巨塔》的女生版本是《謎霧》，《耀眼》則是用不同觀點去重新詮釋電影《美麗境界》（A Beautiful Mind）或《隔離島》（Shutter Island）的故事情節。

因此，假如你想要嘗試寫迷你連續劇，不妨先看一輪完整版的既有電視劇，並研究其故事情節，那麼你應該就能看到大致上的方向。故事情節不妨也試著大塊地進行區分，如果以十六集的迷你連續劇為例，用三幕劇理論來拆解分段的話，大致上是第一、二集為第一章，第八集的最後差不多是中間點，之後到十四集左右的內容則為壞蛋來襲／絕望的瞬間／孤獨靈魂的漆黑夜晚，最後第十五、十六集則是第三章最後的大逆轉，類似用這樣的方式做分段，那麼至少應該能想到中間點為止的內容。

至於中間點之後的故事會如何發展，坦白講其實連編劇自己都不太曉得，因為劇本寫到後來，角色或故事都會自行進化，有時角色也會主動向編劇搭話，那麼就會臨時想出更好的點子也不一定，所以迷你連續劇的劇本通常只要詳細寫到中間點就好，之後則是以「大致上會往這樣的方向發展」來做簡述，整份劇本以不超過四十頁Ａ４紙為限，要是超過這個頁數，閱讀的人也會感到有負擔，盡量控制在這個頁數內提高作品度與可看度。當然，編劇內心一定要先預想好結局畫面才行，它可以作為你在寫劇本時的「指南針」。

就如同在《陽光先生》裡最後出現的義兵照使人留下深刻印象一樣，寫劇本時記得要先做大方向上的拆解分段，再進一步去做細部編排描述，如果以每一集為單位進行細節編排的話，每十五分鐘就要安插一個扮演引爆劑角色的事件才行，這樣觀眾才不會轉臺，就算是用最粗糙的方法（如：用泡菜或紫菜飯捲賞人耳光）呈現給觀眾也在所不惜。（真好奇接下來還會出現多少極具創意的賞耳光手法）

關於角色也是，不要過於執著要創造出令人耳目一新的角色，其實都是從以往既有的角色中賦予一些改變而已，《守護老闆》裡的恩雪，就是從卡通《奔跑吧哈妮》（달려라 하니）的角色哈妮出發，增添了學生時期有混過、很會打架的設定，但是觀眾都認為是煥然一新的角色並且為之瘋狂。咦？還是只有我這樣認為？總之！一成的新鮮感！只要妥善添加這一點，劇本風格和角色都能使人誤以為是全然不同的全新設定。

然後迷你連續劇一定要納入配角的故事副線才行，也就是需要用來讓觀眾喘口氣的角色，在短劇裡幾乎每場戲都一定要有主角出現，但是在集數相對較多的迷你連續劇裡，則一定要安排觀眾可以短暫喘息的空檔，所以配角的部分也絕對不容疏忽。

呼……關於迷你連續劇的部分就先到此為止！接下來的事情就留給各位自行發揮了，假如這本書有受到廣大讀者喜愛，我再考慮出一本專門只針對迷你連續劇的寫作技巧書！應該……不至於是我自己想太多吧？

尾聲

身為電視劇編劇，要保有一份純情

先感動你眼前的人，那麼全世界的人都會被你打動。

每當我在電視劇編劇教育院進行第一堂課演講時，一定會向學員分享兩件事。
「各位有認真思考過自己為什麼要成為一名電視劇編劇嗎？」
通常學員們在聽到這個問題時，都會對我投以「這是在問什麼理所當然的問題？」的納悶眼光，但是當我要求他們親口回答時，往往又會回答得支支吾吾、不清不楚，頂多只會給我一些「我想要藉由電視劇來撫慰心靈受傷的觀眾」、「因為我的身體裡有著編劇的基因」、「在我看來最近最具影響力的非電視劇莫屬」等諸如此類的回答。
在此，我們不妨召喚一下大作家喬治・歐威爾（George Orwell）大哥吧！因為這位大哥早已思考過這項問題，並整理出其想法。

為什麼我要寫作？
第一，純粹為了滿足一己私心，達到名利雙收；第二，為了滿足美學上的欲望，也就是藝術本能；第三，為了滿足保存紀錄的欲望，亦即，不論是透過任何形式都想要將個人想法與哲學保存下來的本能；第四，為了滿足歷史性的社會參與欲望，也就是身為作家期許社會可以更進步的最起碼的良心。

你猜猜看，在這四點當中，我對學員們格外強調的是哪一點？答案是第一點，純為滿足一己私心，你一定要承認這一點，坦白面對自己的欲望才行。人文學的基礎便是「坦白」，電視劇也不例外，換言之，洞察人心的訓練要從洞察自己開始，而且最重要的是，這樣才有辦法撐得下去！

至於「想要藉由電視劇來撫慰那些心靈受傷的觀眾」則是之後的事，前提是你自己一定要能夠堅持下去，能夠承擔寫作所帶來的殘忍痛苦與喜悅，才有辦法安慰人心、思考社會進步等相關問題。

另外插個題外話，世上有著琳琅滿目的職業，但是在那之中，有些職業還真不是任何人都能做得來。

一個是學校老師，每間學校不是都會有一名被學生取為「瘋狗」綽號的老師嗎？只要一想到這種老師對學生們造成的各種負面影響，你應該就能明白我的意思吧？

再來是神職人員，要是只有金壽煥（김수환）樞機主教、文益煥（문익환）牧師、法頂（법정）禪師這種正派的神職人員該有多好？

接下來是演員，因為演員一定要承襲父母的優越基因才有辦法從事這個行業。

最後則是電視劇編劇。我在前面應該也有說過吧？因為電視劇是上自青瓦臺高層下至首爾火車站前的流浪漢都會收看，所以不僅要提供觀眾娛樂，還要提供「在這悲情的資本主義社會裡，至少在某個角落，還有某些帶著善意的人在照亮世界，所以日子還算過得去……」等身為編劇至少該傳遞的訊息。

猶記在某一次因緣際會下，我出席了一場長輩們的聚會，裡面都是有頭有臉的人物，他們對我說道：

「我怎麼覺得最近不論是電影還是電視劇，都像是左派赤匪拍出來的，這世界到底怎麼了？」

聽到這句話的我自然是心頭一驚，竟然說我是左派赤匪？天啊，像我這種浪漫主義者，不，機會主義者，竟然被說成是左派赤匪！當時在座的人雖然都年事已高，但其實都是在業界響叮噹的人物，我對於他們的知性原來也脫離不了顏色論感到失望透頂。

「老師[1]，從事大眾文化的人固然需要反映現實，卻也有義務反抗現實。假如只因不同聲音而被說成是左派赤匪，那麼坐在這裡的我應該也是囉！真是深感榮幸。」

帥吧？真應該用這段話來反駁的，可惜最終還是把話吞了回去……嘖。

對了，我在前面有沒有說過這句話呢？

「先感動你眼前的人，那麼全世界的人都會被你打動。」你一定不曉得一部既有趣又感動的電視劇，可以讓一名素未謀面的人他的人生變得多麼豐裕富饒，抑或是讓位於世界某處被生活壓得快喘不過氣的人足以重新振作……。

在我擔任《要先接吻嗎？》導演的那段時期，一名觀眾寫了一封電子郵件給我，要不要一起看看？

星期六凌晨五時十五分，從釜山站搭火車到光明站下車，再轉往新林站。

抵達新林上完十四小時的課程以後，再直奔汗蒸幕過夜。
隔天從早到下午也要上課，再搭夜車返回釜山，我一直過著這樣的生活。
往返釜山與首爾之間。
最幸福的時刻莫過於坐在火車上準備返家的路上，
因為可以無憂無慮地收看電視劇！

在我公開分享了這位觀眾的故事以後，就有許多網友紛紛留言，「我高考考了三次，加油！」「光是每個周末貫穿大韓民國的那份熱血，你就已經是熱血勝利組！」「我比你更晚才找到工作，真是羨慕。」「來首爾的話記得聯絡啊！別再去汗蒸幕過夜了，我們也去吃一頓高檔午餐吧！」等諸如此類振奮人心的加油文，這也是屬於舞臺後方感人的另一幕。

我曾經問過重案組刑警：「究竟是什麼動力使你們可以堅持從事如此高危險又辛苦的工作？」

「因為追求那份手感。」

1 這裡是指尊稱，並非指從事教職工作者。

據說是因為逮捕壞人上銬時，那一瞬間，會不自覺地感受到一股電流，這就是他們俗稱的「手感」。至於像我們這種製作電視劇的人，則是在不論透過任何形式對大眾產生正面影響時會感受到所謂的「手感」，所以在大眾面前切記要謙卑，也要一直保有責任與畏懼之心才行。

在此如果將你的劇本再重讀一次，哦？我看你從剛剛開始就已經有點眼角濕潤了喔！是啊，做電視劇的人都要保有這份純情，就算性格都難搞得要死，待人的基本態度還是要有憐憫之心與共感力。總之，假以時日即便你變成了年薪破億的大牌編劇，也希望你莫忘此時此刻，這是我最後一句嘮叨。

看來也快到了道別的時刻，這本書也在朝結尾邁進，要給你一個美好結局嗎？還是要給你一個悲傷結局？其實觀眾通常都比較喜歡美好結局，包括我自己也是。

雖然真心祝福你，希望你的編劇旅程也能迎來美好結局，那麼看著你這一路成長的我一定也會無比幸福，但是這條路一定會走得很艱辛，吃很多苦，非常多的苦，甚至是比你想像中還要苦十倍、百倍，而且這條路也可能走得極其孤單。

至於練習寫劇本的過程自然是苦不堪言，就算好不容易歷經千辛萬苦終於正式出道成為編劇，也並非就此走到終點，後面還要持續為了不被人遺忘而加倍努力。

假如有幸遇見很好的導演和製作公司，對你來說絕對是再好不過的墊腳石，但是不管任何領域不可能都只有好人，身邊的朋友和愛人也很可能會一一離你而去，就算通過一連串的試煉，你寫的劇本終於拍成電視劇開播，你也會面臨收視率這道高牆，到時候你可能還會受到想要提高收視率的誘惑，即使出賣你的靈魂、與惡魔交易也在所不惜。然後隨著開播日期逐漸逼近，劇本卻遲遲動不了筆的時候，真的會有一股想要從工作室一躍而下的衝動。

到了那時，千萬不要忘記，以前曾經有一位愛說教又無法令人真心討厭的老師曾經提供給你的真誠建議。

來，希望無論面臨多麼令人絕望的瞬間，你也會無懼於動搖。期許你前途似錦，日常猶如慶典。

附加內容

只要死皮賴臉咬牙苦撐，總有一天定能成為編劇？

三名現職編劇告訴你的理想與現實

一、專訪《神的測驗》（신의 퀴즈）、《熱血祭司》編劇朴才範[1]

二、專訪《鄭道傳》、《綠豆花》編劇鄭賢玧

三、專訪《所有人的謊言》（모두의 거짓말）編劇元宥晶

《神的測驗》、《熱血祭司》

一、專訪編劇朴才範

「真正的好人才有辦法成為一名好編劇。這似乎是一道命題。」

Q：請問您是如何正式出道成為電視劇編劇的呢？

我本來是做獨立電影的。我畢業於東國大學，主修電影，當時還和電視劇編劇八竿子打不著，一直邊拍電影邊準備入行，直到某天突然覺得自己應該要來寫電影劇本，才報名了位於忠武路的編劇教育院，不過最終我只去了六個月就沒再繼續上課……。

在編劇教育院裡，我看同學們都會投遞作品參加電視劇徵選活動，於是我也跟著大家試了一次，其實我的作品當時並沒有被評審選中，電視臺總共只錄取五個名額，而我

1 朴才範作家最近的作品是《黑道律師文森佐》。

是以第六名的成績落選，所以換言之，我的作品是在落選作品當中的第一名，當時和我同梯的姊姊是寫過電視劇《百年遺產》（백년의 유산）的編劇——具賢淑（구현숙），最終，我和當時成功錄取的那五人一起當了一段時期的編劇實習生。

KBS電視臺是將徵選活動錄取者先分發到周末電視劇或每日連續劇的劇組裡，擔任助理編劇，而不是直接讓你正式出道成為編劇，所以像我當時是被派到李應鎮（이응진，音譯）導演的周末連續劇劇組裡實習。

Q：有沒有什麼類似引爆劑的事件促使您成為電視劇編劇？

我當了約莫一年的周末連續劇助理編劇，但是一年後我發現自己並沒有很喜歡電視圈，所以決定重返電影圈。我的影視作品集從二〇〇四年到二〇〇九年為止是一片空白，沒有任何作品，其實當時是我人生中最勤勉刻苦的時期，因為主要都在寫電影劇本、準備正式出道成為電影人。

但是自從三部電影在忠武路[2]相繼被推翻之後，六年歲月也稍縱即逝。有些是選角都選好了，結果投資人出了問題，總之因各式各樣的理由無疾而終，久而久之，對電影自然產生諸多懷疑，使我不禁心想，也許是時候該回到電視劇了，畢竟當初一開始並不排斥電視劇。與其說是有類似引爆劑的事件，不如說是命運安排我踏入了電視劇這行。

Q：聽說您本來是想當電影導演，請問是什麼時候開始想從事電影產業？

其實我從國中時期就一直想拍電影，當時真的看了好多 B 級片，甚至還會用空的錄影帶拷貝觀賞。當時看完《回到未來》（Back to the Future）以後才知道，原來世界上還有這種電影，我總共看了不下三十次吧？而且看得還是拷貝版。當時我不敢置信，世上竟然有這種樂趣，所以我當時就立下志願，將來一定要拍一部像《回到未來》一樣有趣的電影。

一般在拍攝作品時，不是都會和劇組人員一起開會討論嗎？我們每次開會最終都會得出這樣的結論——「要拍有趣好玩的內容。」後來我仔細回想，其實這就是我十四歲最初的夢想。

Q：請問您還保有這份電影導演夢嗎？

其實我到現在都還有在寫電影劇本，偶爾也會幫別人修改補強電影劇本。身為電視

2 韓國電影的搖籃，有首爾好萊塢之稱，聚集著大批的電影院、製片公司、劇場等，培育出無數位知名電影從業人員。

劇編劇，通常一部作品拍攝完成後就會進入所謂的「淡季」，大部分編劇都會利用這段時間來準備下一部作品，但是我會用來寫電影劇本，所以像《熱血祭司》結束後現在比較有空時我就在寫電影劇本，有點像是利用淡季來產出「二毛作[3]」吧！我對太太說過，接下來只會再寫三部電視劇，然後給我兩年的休息年好好準備電影。

Q：當時為了成為電影導演，有沒有報名過電影學院或影像學院等補習班？

比較特別的是，我從學校畢業後有當過漫畫原作者兩年左右，因為我一畢業就拜託一名認識的學姊，她當時在攻讀研究所，我告訴她我想要學劇本分鏡，結果她建議我與其去上補習班，不如直接學技術，所以引介我去做漫畫原作者的工作。

寫漫畫故事不像寫劇本只寫文字即可，還要連分鏡表都設定好，在各個分鏡格裡大致先畫好要呈現的畫面構圖，再轉交給繪圖單位同仁，然後他們就會按照你設定的分鏡表去做進一步更細緻的描繪，並完成漫畫製作。

當時學姊介紹我去的那間畫室位於一棟三層樓的建築物內，冬天還是用燒煤磚的方式取暖。在那裡擔任漫畫原作者的期間，更換煤磚也是由我負責，那時真的寫了好多故事，但都不是什麼高品質的內容，就只是寫一些打打殺殺或黑道漫畫類的故事，然後設計角色臺詞。大家應該也都有看過吧？在漫畫店裡很常看到的那種，總共有五十集的漫畫，我寫了兩部這種作品。

要是老師建議我，「這次就朝閔怡死掉的方向寫吧」，我就會按照老師說的機械性地寫出角色臺詞，這類漫畫其實是滿機械化的，所以印象中當時無時無刻都在敲打鍵盤，按照老師提供的指引改編、寫臺詞，就這樣做了兩年，於是我的打字功力也變得熟能生巧。

Q：原來現在您所設計的生動臺詞，都是來自過去這些歷練。

這種漫畫店裡的漫畫其實必須寫得很直覺，當時我從老師那裡學到了很重要的一點；某天，老師叫我把主角設定成在第四集墜落懸崖，於是我心想：「明明是五十集的漫畫，竟然要我在第四集就把主角弄死，這到底是要如何寫下去？」結果老師只回了我一句：「作者的工作就是先搞砸了再來收拾。」於是我就先弄死了主角，再來絞盡腦汁尋找有什麼方法可以讓主角起死回生，一切只為了讓故事可以延續下去。

我從二十七到三十三歲這六年期間，主要就是在做獨立電影、擔任漫畫原作者，諸如此類的活動混雜著做，後來與其說是我突然下定決心要寫作、寫電視劇劇本，不如說是過去的各項經驗促使我走上了這條路，不過我個人是還滿喜歡這樣的命運安排。

3 指一年收穫兩次不同作物。

Q：在您擔任電視劇編劇時，有沒有將誰作為您心目中的楷模？

我喜歡電視劇編劇這個行業，是因為在這個領域沒有所謂的「天才」，都只有菁英而已，沒有天賦異稟的人，也沒有學歷上的歧視。不過唯有兩位編劇是我真心認同的天才，一位是金秀賢（김수현）老師，另一位則是崔完圭前輩。

如果你去看崔完圭前輩設定故事架構的過程，你就會發自內心地讚嘆：「這人簡直就是天才！」他的作品沒別的，就是很有趣。

至於金秀賢老師的編劇功力更是不在話下，不可同日而語，絕對是編劇界首屈一指的奇才。其實我在設計角色臺詞的部分，多少也有受到金秀賢老師的影響。

一般來說，就算是電視劇編劇本人，也很難全盤掌握劇中每個角色人物的心境或想法，將其轉換成臺詞。如果說一般編劇的臺詞呈現力是百分之七十好了，那麼金秀賢老師將角色內心想法轉換成臺詞的比例大約可達百分之九十五以上，基本上要不是在聯想力方面有著異於常人的天賦，根本很難將那些想法轉換成話語或文字。

雖然許多人會認為金秀賢老師的電視劇角色臺詞實在太多，但這就像是在對史蒂芬．史匹柏（Steven Spielberg）導演說：「你怎麼每次都拍小朋友看的電影？」是一樣的道理，在我看來這些人都不屬於我們可以藉由批判來靠近的神人等級，畢竟像史蒂芬．史匹柏這種大師級人物，你就不可能靠著批評他來接近他，對吧？

Q：寫電視劇劇本時，最重要的部分是什麼？曾經有沒有想過要停筆？

我的目標是寫出視障朋友都會感到有趣、讓他們光用聽的都會覺得精彩的那種電視劇。我指的不是廣播劇，而是藉由一般電視劇達到這樣的境界。其實金秀賢老師的作品最符合我說的這種光用聽的就覺得很好看的電視劇。這是我到現在每當要準備投入一部作品時還是會非常在意的一點，會想盡辦法寫得讓視障朋友也能掌握內容、了解角色人物心境、使他們也能夠感同身受。

我覺得自己還滿有寫作手感的，有滿強的預感會知道「寫這部電視劇應該會有人喜歡」，當觀眾真的喜歡收看我寫的電視劇時會有一種刺激感，因此，截至目前為止我還從未想過要停筆。

Q：有沒有哪一部電影或經典是您特別推薦的？

其實我沒有什麼特別要推薦或認為非看不可的電影，只要你是商業影視編劇，我就會建議任何影視內容都需要收看，不會特別指定某一部必看，畢竟人的想像力是出自親身看過、經歷過的非連續性事物，而非呆呆地杵在那裡就會油然生成。

不論是任何形式的內容，只要看過都會有畫面、殘影累積在潛意識裡，所以我會建議大家不要去設限自己一定要看什麼，反而是要盡可能去充實你的潛意識，因為凡是映入過眼簾的事物，都會透過各種形式被大腦儲存下來，所以其實只要時間允許，我還是會建議能看什麼就盡量看。

我之所以會有這樣的感觸，是因為我過去在寫電視劇劇本時同樣遇過困境，我原本也是個死腦筋的人，所以只看自己想看的，再依照我所看的內容去發想劇本，但是不久前我動了個手術，住進了單人病房，一整個星期完全無事可做，所以在那段期間，真的不誇張，我看遍了韓國所有綜藝與教養節目，後來根據這段經驗寫出來的作品便是《金科長》（김과장）。

該怎麼說呢？透過綜藝或教養節目，讓我對社會的運轉和趨勢等等有了想法上的彙整，抑或是對人類的欲望有了統整，正因為有了這樣的心得，所以才讓我有機會去反思自己至今好像資料吸收得太偏食。

結果住院當時收看的那些節目，竟成了我在編劇這條路上的重要轉捩點，所以不知從何時起，我開始養成了一項習慣：只要寫劇本就會二十四小時開著電視，就算沒在收看也會一直開著放在那裡。我發現如今媒體已經變得十分多元，各種媒體吸引觀眾觀看的手法也不盡相同，所以身為電視劇編劇，借用教養節目或綜藝節目吸引觀眾的點來寫劇本也是滿不錯的方法。

反之，有一件事情是我絕對不會建議編劇志願生去做的，那便是「抄寫」。近年來，電視劇的種類五花八門，單靠抄寫十部作品來鑽研一種類型是行不通的，因為只熟悉一、兩種類型是無法成為電視劇編劇的。

Q：請問您有自己專屬的找尋靈感方法嗎？

假如有作品是現在要寫卻寫不出來遇到卡關的，那我就會去思考其他截然不同的題材，我會刻意與手邊正在進行的作品保持距離；比方說，當我在寫幽默喜劇遇到卡關時，就會刻意去思考驚悚恐怖片，讓自己盡可能抽離原本正在撰寫的劇本，因為假如不這麼做只是純粹休息放空，就會老是不自覺地去回想自己寫的劇本，但是這樣就算想破頭也不會想出好點子。

不然就是翻翻以前寫過的東西，思緒就會變得比較清晰，有時也能找到讓自己茅塞頓開的提示。有趣的是，那些截然不同的題材都只是純粹拿來讓自己頭腦休息用的，從來沒有將它們發展成作品。

Q：在您看來，從編劇志願生到正式出道成為編劇，總共需要多久時間呢？

我會說至少五年，基本都要定期訓練至少五年，過了這五年大概就會到達「已經不再是菜鳥」的水準，總之不論作品有無被錄取，如果想要靠寫劇本維生，每月至少有幾十萬韓元可以讓自己溫飽的話，那就要把握這五年的時間勤練寫作。

只要認真埋首苦練五年，基本上作品都有機會錄取或簽約，但是現在的年輕人往往太心急，很容易誤以為兩年就已經可以學成畢業，其實兩年頂多只有到終於能把原稿紙寫滿的功力。

在我看來，許多人是想要趕快正式出道成為編劇，而不是趕快讓自己有能力寫出好劇本，也就是想要趕快拿到編劇名片的欲望更為強烈，雖然這樣說也許會被人說我在倚老賣老，但是如果要成為真正能獨當一面的編劇，最起碼一定要很扎實、努力不懈地苦練五年才行。

Q：有沒有哪一部作品是宛如受傷的小指般感到惋惜的？

成績不佳的作品自然是最令我感到痛心的，對我來說就是《Blood》（블러드）這部電視劇，因為當初真的花了比其他作品還要多的心思在寫這部劇，它是一部介於醫療題材與科幻元素之間的電視劇，但我當時邊寫就邊體悟到，假如一開始彼此的意見或理念不同時，沒有先做好整合、達成共識的話，最終結果也不會好到哪裡去。

當時我一天要抽五包香菸，原本是一天三包左右，看著收視率一路下滑壓力實在太大所以愈抽愈多，結果某天早上醒來，我發現自己突然出現呼吸困難，才驚覺大事不妙，毅然決然決定戒菸。

不過就是因為有跌過這麼一跤才讓我學到，原來編劇不只要把劇本寫好，和製作公司及導演相互協調配合也是非常重要的事情。

Q：請問您在安排角色臺詞時是屬於哪一種寫作風格？

指導新手編劇時，我通常都是把臺詞設計放在最後階段，為什麼呢？因為要學設計臺詞真的太花時間，每個人說話的調性和口吻都是與生俱來的，單靠多聽多看並不能寫出好臺詞，這完全端看編劇的臺詞功力，所以除了勤寫勤練習外，似乎真的別無他法。

要是天生對臺詞就不具有足夠敏銳度的人，只能靠某種程度的後天訓練來克服，而擁有這方面天分的人則往往是無師自通，怎麼寫都能寫出令人嘖嘖稱奇的臺詞，在我看來，這是個沒有正確解答或有模式可循的領域，一切全憑熟練度。

如果真要從培養設計臺詞熟練度的方法當中，挑出一種最有效的方法來傳授，那我會勸你「盡可能用自己或熟人的口吻寫臺詞，不要去憑空想像一個人的口吻」，只能從你最熟悉的人下手，用那些人的口吻來寫臺詞，包括聲韻都要精確掌握。

像我迄今為止寫過的每一部電視劇主角臺詞，都是用我自己的說話口吻去寫，包括每一句髒話臺詞都是。有時我會建議學員：「試著在一場安靜的聚會場合中，將朋友們的對話錄音錄下來，那些都是最生動的臺詞，每個人基本上都會有自己的說話特色，也會叨念、生氣，最後記得再客觀地去聽聽看你自己的說話口吻，這些口吻是最容易被用來寫成臺詞的。」

一開始學習寫電視劇劇本的人，很容易誤將臺詞視為文章，所以老是想要去解讀或判讀，但其實臺詞應該要更接近聽覺，這樣才能夠寫出生動又寫實的臺詞，所以我每次寫完以後一定都會念出聲音來，檢查看看實際在說的時候會不會拗口或哪裡奇怪，等放聲念完劇本裡每一位角色人物的臺詞以後，就會把不順的地方進行刪減或調整，直到「像話」為止。

我會反覆朗誦臺詞，而且是念到自己都覺得有點尷尬的程度。不過神奇的是，這麼做應該是提升臺詞設計的功力才對，結果反倒是演技精進不少，哈哈哈！

Q：有沒有什麼話是想對編劇志願生說的？

熱愛日常、享受生活方式的人，在寫劇本時往往更容易有靈感，包括我自己也是如此。時常把「我喜歡這個！」掛在嘴邊的人確實有更豐富的好點子，也能夠想出更新穎的題材；反之，只知道埋首寫作，經常把「唉，我已經厭倦了這些那些，真搞不懂為什麼要去旅行」掛在嘴邊的人，則比較不容易找到靈感。

其實我很喜歡從生活周遭尋找有趣題材，像我在寫《金科長》劇本時，還曾經去群山市的景點旅遊，找一些可以放進劇本裡的素材，那裡有一間知名的牛肉蘿蔔湯專賣店，店名叫做「韓日屋」，我在那裡用餐完畢以後，坐在店外喝著咖啡，看見一名騎著摩托車、身穿工廠背心制服的男子，嘴裡叼著一根香菸從遠處朝我所在的地方行駛而來，結果他把機車停在韓日屋店門口與人聊天，渾身散發著吊兒郎當的氣息，簡直像極了騙子。

當時我看其他人都稱呼他「欸！金科長！」我在一旁看著他們你一言我一語，畫面十分有趣，所以當下我便決定下一部電視劇就是《金科長》！因此，像這種日常生活裡的小插曲對於一般人來說可能只是不足為奇的光景，但是對於電視劇編劇來說可是不容錯過的絕妙好點子。

Q：在您看來，能使觀眾產生共鳴的說故事手法核心是什麼？

我認為是「滿足現代人的欲望」，畢竟一個故事基本上是從欲望開始，身為編劇應該要清楚知道「現代人最想要的是什麼」，也就是了解社會整體趨勢。

在我看來，說故事的基本是把「現代人目前最想要我呈現什麼？」這份欲望具體化呈現，先自行解讀出這個大時代、大環境渴求的欲望核心是什麼以後，再去想辦法滿足這份欲望。

舉例來說，其實社會大眾真正的欲望並不是看見腐敗政治被淘汰、成功換一批新血，而是先讓政治惡勢力崛起，然後再看他們一落千丈、受盡屈辱、任人宰割，這才是社會大眾內心深層的欲望，所以只要能確保在道德允許範圍內展現這種欲望，便會是說故事的起點。

當初在寫《熱血祭司》時也是，我先去思考「現代人有哪些欲望？」然後發現大家其實是希望可以看到惡人有惡報，於是我又繼續思考，檢察官、律師出面將壞人繩之以法的作品在市面上已經多不勝數，所以讓惡人罪有應得早已是常見題材，但是有沒有人是對於懲處倍感壓力的？有誰是矛盾於去執行懲處的？最後我找到的答案便是「神職人員」，所以才會寫出《熱血祭司》這部作品。

Q：不論是《金科長》還是《熱血祭司》，裡面都有許多幽默詼諧的元素，當您在寫這類型電視劇時，這些笑點通常都是事先安排好的嗎？有沒有哪些笑點是不在您預料中的呢？

通常觀眾會以為編劇是靠直覺來安排搞笑內容或橋段，但其實喜劇片比驚悚片還要講求事前規劃，假如沒有做好縝密的編排，很容易石沉大海。雖然有些笑點的確是出乎我意外的，但大致上來說都沒有脫離我的預料範圍太多。

尤其是像無線電視臺播出的電視劇，假如事前沒有做好完整規劃，到最後就會很容易演變成所有人都七嘴八舌的想要給予意見，更何況無線電視臺的電視劇是要讓婆婆媽媽、八歲男童、高知識份子、低學歷人士都能笑得出來，要規劃出這樣的劇本難度極高，所以我們通常都會以「因為不曉得觀眾會喜歡什麼所以就全部準備了」的方式在每一集加入搞笑元素。

「這個部分放一些小朋友也會笑的直覺式幽默好了，然後這裡再放一些跟事情有關的笑點，這裡再放入時下年輕人喜歡的無厘頭哏吧。」我會像這樣去一一計算臺詞或場景，「最後要讓所有人都捧腹大笑，所以就用大便來收尾吧，反正不管男女老少都會被屎笑噴！」總之，就算是用這種手法也要逗觀眾哈哈大笑。

其實喜劇之所以相對困難，是因為這是在和幼稚園小朋友競爭，若要把比我年齡小的觀眾逗笑，就不可能光用我自己的幽默水平去發想，當你心想「天啊，真的有必要寫到這種程度嗎？」的時候，就要趕快趁勝追擊。

寫劇本時偶爾會遇到助理編劇問我「老師，真的有必要寫成這樣嗎？」的時候，通常這時我都會回答：「也只能這樣寫囉！這是我們唯一的活路。」哈哈哈，假如都沒有事先安排好笑點程度，正式開拍時就會陷入僵局。

希望將來可以整理歸納出一套喜劇的劇本寫作理論，使劇本寫作指導範圍可以變得更加廣泛，因為以類型來說喜劇是相對難度較高的，卻找不到真正有在指導這類型劇本的專業機構或人士。喜劇的劇本實在不容易寫，就如同業界盛傳的一句話：「哭著寫出來的就是喜劇。」這可是千真萬確的事實。

Q：寫電視劇劇本時，往往會從哪方面獲得喜悅？

當民眾收看我寫的電視劇以後讚譽有加時，內心自然是最充滿喜悅的。我反而完全不在乎網路上的評語，不論網友如何評論我的劇本，我一點都不在意，因為這些人通常會在這裡評論幾句，又到那裡再評論幾句。

我的工作室剛好緊鄰市場、聲色場所，我是個寫劇本時不受吵雜聲影響的人，所以反而喜歡在熱鬧的環境中寫劇本。市場裡有一間汗蒸幕，裡面設有電視機四臺左右，男、女湯分別各一臺，然後中央公共區左右各一臺，不過因為我無法進入女湯求證，所以女湯裡的電視機就不列入計算，假如其餘三臺電視機都在播放我寫的電視劇，那我心中多少就會有把握這部劇「會紅」。

有些人是白天打零工、晚上直接夜宿在汗蒸幕裡，每當看見自己寫出來的電視劇有成功逗笑他們的話就會很有成就感，那些人通常都或坐或躺在平床上，一邊看著電視一邊笑著說：「這部劇好好看。」

其實那些人都不具有電視劇相關知識或理論，就只是很直覺地去觀賞收看並感到愉快，正因為如此，當那些人看得滿意叫好時，反而也最令我感到欣慰。

所以我每次去汗蒸幕都一定會坐在平床上和大家一起收看電視劇，然後假如一旁的大叔在收看我寫的電視劇時一直邊看邊笑，我就會感到無比開心。

Q：最後有沒有什麼話想對夢想成為電視劇編劇的人說？

如果想要成為一名電視劇編劇，最重要的是確認自己是否真的喜歡做這件事，也要捫心自問在這條路上有沒有遇過倦怠期或者感到厭倦，因為通常面臨到那種倦怠期都會難以提筆寫作，要好好克服也不是那麼容易的事。

最後我想說的是，在成為一名好編劇之前，前提要先是一名好人，希望你能成為一名用溫暖視角看待人、對人總是抱持高度興趣的編劇，並朝這個方向不斷努力邁進。

《鄭道傳》、《綠豆花》

二、專訪編劇鄭賢珉

「莫忘一部電視劇出自於你人生經驗的深度與廣度。」

Q：您本來是先擔任國會議員輔佐官，後來才轉行當電視劇編劇，在編劇這行算是滿特別的案例，請問當初是什麼事件促使您成為編劇的呢？

在我擔任國會議員輔佐官邁入第九年之際，有採訪過一位編劇，當時對方正在籌備類似《輔佐官》（보좌관）這部電視劇，並對我講述了他的故事構想，我聽完以後忍不住提供了一些點子給對方：「要是放入這樣那樣的元素會不會更有趣呢？」結果不知從何時起，那位編劇已經開始在專心聆聽我所給予的意見，後來甚至還問我是否有從事過寫作，於是我回答：「一直都有在寫一些文章，而且小時候的夢想是成為一名小說家，作品還有進到全泰壹文學獎最終審查階段，但我自認寫作能力是遠不及專職作家的程度。」

結果沒想到那位編劇對我說：「寫劇本不是在寫文章，而是在寫對話，我覺得你的語感很好，最重要的是你的身體裡彷彿有取之不盡用之不竭的故事，建議你不妨去上上看電視劇編劇養成課程。」當時這番話給我的第一個感受是，對方應該只是基於禮貌上的鼓勵罷了。

我和那位編劇因這件事而結緣，在那之後也有偶爾與對方見面聯絡，但是真的不誇張，每一次見面他都會勸我去上劇本寫作課程，後來我有一段時間處於沒有工作的狀態，神奇的是，偏偏就在那時注意到電視畫面上出現的一則字幕廣告——「電視劇編劇教育院學生招募」，然後我又不偏不倚就這麼巧地在那時約了該名編劇見面，見了面以後我說我看到了這則廣告，他又不斷地催促我趕快立即報名參加。由於當時我也的確無所事事，所以就去做了簡單的面試，然後就開始在編劇教育院上課。不過，當課程正式開始時，我也同時找到了其他議員辦公室的職位，所以工作和上課是並行的。總之，現如今回想起來還是覺得這一切很好笑。

坦白講一開始去教育院上課時真的覺得好好玩，因為寫劇本這件事情對我來說是截然不同的世界，畢竟在國會裡是每天都要爭得面紅耳赤，但是到教育院裡就是從基礎班開始上起，實在太好玩。

而且當時每次只要上完課就一定會和同學們相約一起去喝酒，我最大的貢獻就是讓基礎班校外活動變得組織化，哈哈哈！我號召過二－三十名同學一起去乙旺里一次、牛耳洞一次，我經常把「人還能幹麼，盡情玩囉！」這句口號掛在嘴邊，就算蹺掉課程，也絕對不會缺席課後的聚餐活動。

後來是撰寫《Sky Castle》的柳賢美（유현미）編劇來擔任我們教育院研修班的老師，我當時就是受她指導，作品才得以順利被錄取。

Q：錄取之後是從什麼時候才開始正式以電視劇編劇身分工作的呢？

其實像電影的話會有很多人一起分工合作，所以如果有各自擅長的領域，就能夠各司其職，齊心協力共同完成一部作品；但是電視劇的話，有些部分是編劇必須自己一個人扛的，而且不論自己喜歡或不喜歡，都只能概括承受，若要能扛得住這些壓力走到最後，就必須在錄取後也不斷地進行各種訓練才行。猶記當時熟識的一名導演對我說：

「好機會是不會留給新人的。」

他的意思是，一定是本來就存在某些問題，才會把燙手山芋丟給還是新人的我來處理。這位導演正是當初推薦我寫《自由人李會榮》（자유인 이회영）——我的出道作品——的那個人。

一開始我還天真的以為，自己寫的電視劇一定會一炮而紅，結果發現民眾反應超級冷清，收視率也普通，甚至還使我一度納悶「為什麼大眾反應僅止於此？」哈哈哈！

當我一邊在寫《綠豆花》，一邊回想著《自由人李會榮》時，就有發現兩部作品明明都是設定在同一個時代，但是自己當時可能有哪些部分沒有注意到，或者沒有去多做了解，抑或是沒能充分發揮展現，看見了一些自己過去不足的地方，不過這也意味著自己已經有所進步，所以另一方面也頗感欣慰。

我認為自己是屬於很幸運的人，一般來說在徵選活動中錄取的人該年都是以準備短劇居多，但我當時得到了寫長篇電視劇的機會，反而是到隔年才寫了四部短劇，再隔一年則進入帶狀劇《愛情啊愛情啊》（사랑아 사랑아）的劇本寫作，所以我等於是在兩年內體驗到各種類型的電視劇，包括長篇電視劇、迷你連續劇、帶狀劇、短劇。

我在二〇〇九年四月寫了第一部劇本，隔年一月被錄取，所以我的編劇志願生時期頂多只有一年，等於是幾乎沒有習作期，但是在那之後的兩年期間我寫了很多部作品，其實那些作品也都是資深導演指導我的，對我來說是既能賺錢又能累積經驗的學習方式，所以自然是再好不過的命運安排。

就這樣被栽培了三年左右之後，我寫了《鄭道傳》，所以如果有編劇志願生問我這一路是如何走來的，我會告訴他們我算是滿特殊的案例。

Q：身為志願生自然比較心急，請問究竟該準備到什麼程度才合適呢？

在我正式出道當編劇時，周遭也有許多人想從事這行，所以有問過我類似的問題，不過當時每個人都打算辭掉既有的工作專心走這條路，於是我語重心長地奉勸他們：「不應該是這樣的，等你確定錄取後再辭去工作也不遲，這不是在準備高考，而且社會經歷對於將來成為編劇的你是絕對加分、提升競爭力的條件，所以愈是在這個節骨眼愈不能提離職。」

然而，我看許多人都是在我面前點頭答應，回去以後都還是毅然決然向公司提了離職，再孜孜不倦地去編劇教育院上兩年左右的課程，但是誠如各位所知道的，大部分都很難熬出頭，就算作品被錄取也會遇到有誰要突然拿一大筆錢投資你的問題；錄取之後才是考驗的開始，因為接下來還有一段漫長的時間夠你熬，錄取也並不代表正式出道。

所以目光要放得長遠，不疾不徐、心有餘裕地前進才行，過程中也可以順便多結識一些筆友。

像我當初加入編劇教育院時，我的目標只有一個：要在裡面待得夠久。

「盡量待久一點……這裡很好玩……」像這樣告訴自己。

所以我在裡面每次上課都很享受，每當那些女老師在分享編劇說過的至理名言時都看起來超帥，下課後和同學聚餐時也不用談政治，這些都令我陶醉愉悅。

雖然我的編劇準備期不長，但也因為我的二十—三十歲時期都在其他領域認真打拚、吃盡苦頭的關係，才有辦法借助那些經驗在這裡小有成就。

Q：請問有沒有什麼電視劇類型是您自認擅長的？

好機會真的不會留給新人。新人時期，只要有案子就一定要把握，不能在那裡東挑西揀。當時要是有浪漫喜劇片的邀約我可能也會一口答應，只要有機會，不管是什麼最好都先抓住再說，因為你不曉得自己的潛力會在哪裡爆發。

像我就完全沒料到自己的潛力竟然會在歷史劇上爆發，因為我從來都沒寫過歷史劇，當時在準備寫《鄭道傳》的第一場戲時，是我此生第一次寫歷史劇，至今我還記憶猶新，那時候因為不曉得「迴廊」這個漢字，所以還上網搜尋研究了兩個小時，然後也因為不曉得那些內官大臣們手上提著的是「燈籠」而徘徊了許久，真的是對歷史劇一竅不通，後來竟無意間成了一名政治歷史劇編劇。

所以我至今還是抱持著「要是當初接到的是浪漫喜劇片案子，說不定我就會是靠浪漫喜劇片一炮而紅」的想法，誰曉得呢？

如果是編劇志願生的話就更不需要先劃地自限，「我擅長這個類型」、「我只想寫這種類型」，這些都是不必要的，因為你不會知道自己最終是靠什麼類型闖出一片天，也不曉得自己具有哪方面的天分。

更何況自認為有趣的內容觀眾不見得會喜歡，在你看來認真嚴肅是帥氣的表現，觀眾卻很可能不這麼認為，最重要的還是觀眾要喜歡才會紅。

Q：電視劇裡的角色都是如何被創造出來、如何讓觀眾產生共鳴的？我看《綠豆花》等歷史劇也是角色人物眾多……

身為一名編劇，內在一定要同時存在許多不一樣的面孔，因為每個人都是一體多面的，會有卑鄙、帥氣、小心眼、英雄等各種面向，要能適時將這些面孔收放自如才行。

通常在設定角色人物時，只會專注在重點角色的發想，其他周遭配角則不太會去細心留意，但是這次在寫《綠豆花》的時候，由於這是一部以民間老百姓為中心的歷史劇，所以反而有將大部分劇中人物的故事走向都先從頭到尾預想過一遍，例如，崔德基這個角色會因種種原因最後在牛禁峙戰役上死掉，以這樣的方式都先安排好設定。

不然就是透過自身經驗去展現那些角色人物。以《綠豆花》為例的話，我的內在絕對存在「白家」這個角色，猶記當初和飾演白家大家長角色的演員朴赫權（박혁권）初次見面時，我就有向他說道：

「白家人是這整部劇的開始，我想談談這家人的故事，所以這部劇的起點就是你。」

假如我不是一名父親，應該也寫不出白家這個角色，正因為自己成為了父親，才能夠切身體會到過去恪守成規的原則，在孩子們面前是多麼的不堪一擊，有過這樣的親身經歷以後，不禁讓我意識到父親這個頭銜其實對於外人、其他家庭成員來說，極有可能是惡魔，因此，當我在刻畫白家這個角色時，也讓我產生了許多「的確，只要是父親都有可能做出這樣的行為」等可以感同身受的地方。

倘若我未婚，膝下也無子，那麼我就不可能想出白家這個角色；倘若我沒有那段在國會殿堂裡與保守黨交涉的經驗，那麼我也就不可能寫得出《鄭道傳》裡的李仁任這個角色。

Q：那麼對於編劇來說，經驗是多麼重要的一件事呢？

假如我沒有在國會裡做過輔佐官的職位，也沒有經歷過當時的韓國黨（保守黨），我應該也只會寫出平凡俗套的劇本，正因為我自己有親身經歷過，所以那份劇本才會在當時被封為是政治歷史劇。

一般來說，只要是被周遭人士評為「真的很會寫，怎麼能把人物刻畫得如此生動？」的編劇，如果進一步去了解他們，便會發現很多都是自幼就有著崎嶇坎坷的人生，換言之，這些編劇本身就有著戲劇化的人生，見過的人也百百種，面對過各式各樣的極限與困境，體會過豐富多樣的情感等，才有辦法寫出與眾不同的劇本，這其實跟演員的演技功力是類似的概念。

像我自己也是，相對來說算是接觸過更多不同社會階層的人，從工廠裡的勞工到韓國社會最高階層的官員，一個社會存有各種光譜，每個人的生活方式也不盡相同，各個團體裡的人其性格或文化也都存在著差異，這些元素和細節都已儲存在我體內。

雖然我無法具體表明是在何時何地經歷過這些事，但我想一定是人生軌跡裡親身經歷過的母題不斷積累，才有辦法創造出一個角色人物。

Q：當您在寫電視劇時，通常是如何安排分場？

狀態好的時候我會單靠描述插曲的一句話來寫劇本，通常一集基本上會放入八個小插曲，在起承轉合四個部分各放兩個，有時候寫著寫著還會寫到十一、二個左右；反之，一集內容當中如果只有安排六個小插曲的話，故事就會很容易變得冗長乏味。

至於狀態不佳的時候，我會只寫一個插曲，然後像寫散文一樣繼續延伸下去，不特地安排場景編號，就只是純粹描述這個插曲會如何發展延伸。通常在寫劇本時，都會先設定好「這集的結尾會落在哪裡」，然後朝設定的結尾邁進，至於中間過程要怎麼走，可能會找出七條左右的路線。

不過像我自己是就算在寫前面的戲，只要想到有什麼戲是適合放在後面的，也會馬上記錄下來，等於是在寫一段小插曲的當下，會連後面的插曲也一併考慮進劇本內。

Q：您和助理編劇是以何種形式進行合作的呢？

由於我不會另外將場景去做精準的規劃，所以不會與助理編劇以寫臺詞的方式進行合作，不過關於「故事」的部分，我通常會指導得很徹底。

「人人都能寫劇本，重點在於要能創造出故事。」所以當我在寫劇本時，我會讓助理編劇寫下一集的劇情簡介，然後等上一集的故事寫完之後就會拿出下一集的劇情簡介來一起討論，從中找出不錯的故事線加入我寫的故事當中。

其實我認為不需要另外指導助理編劇寫劇本的方法，因為每個人都有自己的方式，再加上女編劇似乎也不太需要特地去學習我的寫作方式。不過在我的認知裡，電視劇編劇就是個要會說故事的人，所以我只看重故事本身。

Q：我看《綠豆花》裡有使用全羅道方言，像這種方言臺詞究竟是如何寫出來的呢？

我自認在語言方面還滿有天分的，學語言也算快，我太太的娘家就位於全羅北道，我的岳父是全羅北道金堤人，說話有著一股濃濃的全北腔，這種腔調我聽了十五年，所以還不至於一竅不通。剛開始我還有想過要不要參考小說《太白山脈》（태백산맥），但是自從開始寫劇本以後發現，《太白山脈》裡使用的其實是全羅南道方言，於是我決定徹底重來，開始正式研究起全羅北道的方言。

凡是有用到全北方言的影片，或者拍攝介紹全羅北道的影片等，我都會特別找來看，甚至讓助理編劇直接製作一份全北方言清單，把經常會用到方言的副詞、形容詞等納入這份清單裡，總共製作了二一三十頁左右，然後還將所有電影、小說裡，開心、傷心、調侃時使用的方言也統統匯整出來，最後總共找出了數百個。

後來我們沒有直接挪用清單上的語句，而是根據劇情去重新創造臺詞，不過可惜的是在實際拍攝成電視劇以後幾乎都沒能按照劇本原汁原味呈現，主要在於表達方式太赤裸，而且不加字幕根本就聽不懂在說什麼。

在拍攝《綠豆花》時，我甚至還有過這樣的念頭：「假如下次再寫使用全羅道方言的電視劇，我一定要做好上字幕的心理準備，好好呈現。」所幸周遭有收看電視劇的人都認為方言設計得不會太奇怪，包括我的岳父也表示其實寫得滿像全北方言。

Q：請問要如何寫出好臺詞？

通常都說臺詞寫得好不好，取決於天分，我個人某種程度上也認同這句話，但是這個「天分」，在我看來並不一定是指與生俱來的天賦，也有可能包涵一個人的人生閱歷，因此，我會認為編劇從小是在什麼樣的語言環境下長大也很重要，比方說，周遭是否有經常會講故事給你聽的人，或者有沒有一個常罵人、愛叨念的奶奶，這會對你的語感養成影響甚鉅。

除此之外，編劇從小到大聽過多少人說話也至關重要，通常是看過的電影或作品會影響你寫出來的臺詞。

想要寫出好臺詞，前提是要將角色人物設定好，假如角色人物都設定得模糊不清，臺詞又怎麼可能寫得精準到位呢？這是絕對不可能的事情。所以我往往會告訴學生：「如果想要寫出好臺詞，就要先把角色人物設定清楚。」

舉例來說，只要避免寫出「吃飯啦？」「嗯。」這樣的臺詞即可，但其實真要換個方式寫這句對白，並沒有想像中那麼簡單。

因此，想寫出好臺詞，只要記住這兩點：一，角色人物設定清楚。二，安排出其不意的回答。

Q：為了提升寫劇本的能力，請問有沒有什麼經典書是您推薦必讀的？

寫劇本時其實不太會去另外閱讀書籍，假如寫到一半碰上瓶頸，我會去收看我喜歡的歌手MV。

小時候我很喜歡閱讀大河小說，國小就有讀中國四大奇書《水滸傳》、《三國演義》、《金瓶梅》、《西遊記》，我很喜歡這種故事性很強烈的書籍，如果真要選出經典書我會選這種大河小說，所以像我在看電影時也會偏好敘事性強烈又有趣的類型。

另外，如果真要我挑出一本最喜歡的小說，我會選《梅岡城故事》（To Kill a Mocking-bird），當初一開始被翻譯成韓文版時，書名是取作《孩子們審判的國家》，我閱讀的是這個版本。故事內容有涉及到種族主義的議題，我很喜歡這部作品的敘述、情調以及想要傳遞的訊息。

Q：有沒有什麼話想對編劇志願生說的？

都說人生是靠三成實力七成運氣，如果有人在做關於成功祕訣的受訪時沒有提到「運氣」，我會認為這個人是個大騙子，寫電視劇劇本其實也和人生一樣多數是靠運氣，努力、實力、運氣這三個關鍵要素都要剛好天時地利人和才行，但是實力是要自己看著辦，努力則是每個人都很努力，所以關鍵反而是運氣。不過可以確定的是，像我這種人都能碰上一次好運，各位一定也會遇見屬於自己的好運，只要隨時做好準備即可。

三、專訪編劇元宥晶

「寫你自認最有趣的故事，通常這種劇本會紅。」

Q：我看您出道時寫的電視劇還未播出，能否請您先做個簡單的自我介紹呢？

大家好，我是「第十六屆慶尚北道影像內容劇本徵選活動」中以《精鹿派趙芝暈》劇本獲得最優秀獎的元宥晶，目前正在與另一名編劇共同執筆《所有人的謊言》（已在二〇一九年十月於OCN頻道播出）。

Q：您應該也熬了很長一段時間才成為新秀編劇，請問在作品被錄取前，有從事過哪些工作？

我當初是堅持要找與寫劇本無關的工作，該怎麼說呢，有點像是抱持著「未來的事很難說，還是要給自己多留一條後路」的心態吧。

正式出道成為編劇之前，我是在補習班做行政管理庶務，每個月都會固定領薪水，至少在心境上是滿穩定的，所以當我在參加徵選活動時沒有特別為生計問題苦惱過，落榜時也沒有受到太大的挫折。

其實在二〇一八年我有投過好幾部短劇劇本到JTBC、O'PEN、SBS等製作單位，最後都沒有錄取成功，不過都有接獲這些單位的聯絡通知，每一份劇本都有進到最終審查階段，因此，我才有機會和李允正（이윤정）導演牽上線，開始與她一起合作。

Q：那您是否已經辭掉了正式出道前從事的那些工作？

其實在二〇一八年六月當時，有另外一份工作剛好和李允正導演同時聯絡我，但是因為八月就要馬上進入作品拍攝，所以只好婉拒那份工作邀約。我是在當時任職的補習班接獲李允正導演的來電，一開始還因為是不認識的電話號碼而沒有接聽，但後來是收到一封簡訊，內容寫著「您好，我是CJ的某某某，請問方便講電話嗎？」於是我回覆對方「沒問題」，便馬上接到了導演的來電。猶記當時接到這通電話時，內心簡直欣喜若狂，卻礙於是躲在補習班廁所裡接聽的電話，所以一直無法放聲尖叫。

「李允正導演？拍攝《咖啡王子一號店》的李允正導演嗎？您確定要和我一起合

作？」

我就是這樣既感到不可置信又難掩喜悅地講完了那通電話。

由於導演也是屬於急性子的人，所以在電話中就馬上問了我「今天能否見個面？」我當然是義不容辭一口答應了邀約，下班後便立刻衝去導演的住家樓下與導演碰面，當時真的是開心到無法自拔。

Q：請問是什麼契機使妳夢想成為電視劇編劇？

其實並沒有什麼特別的契機，我只是從小就很熱衷於收看電視劇，國、高中甚至放棄和同學之間的玩樂，整天只看電視劇，由於電視劇實在太好看，我還經常對同學說：「我要趕回家追劇！」便匆匆離去。

《巴黎戀人》是在我高一或高二那年播出的，當時這部劇在學生間簡直造成轟動，但是由於同學們都要去補習班，即便很想坐在電視機前準時收看也無奈沒辦法這麼做，所以我都會代替他們收看，隔天再去學校一邊演戲一邊告訴他們劇情發展進度，整個學生時期我都是扮演這種角色。

大學也是考完聯考以後發現語言方面的科目考得不錯，所以自然而然上了國文系，但是等真正開始上課以後發現實在太無趣，於是天天跑去看電影，每天都搭公車從終點站繞到另一個終點站，我當時應該有搭過每一輛行駛在那條長長公車路線上的藍色首爾市內公車。

不過最終我還是有回學校上課，只是像「現代文學解析」這種科目我就真的很不想上，也根本聽不懂老師在說什麼，所以我查了一下系上開設的其他課程，發現有小說創作理論、詩詞創作等，有三門課是專門指導創作的，最後我選了小說創作課程去上，結果意外的有趣極了。當時教授還對我說：「妳應該要來寫電視劇才對。」

後來是一名系上的同學介紹我去汝矣島報名編劇教育院，她先在那裡上過課，覺得我很適合，所以建議我應該要去那裡上課，並告訴我那裡是由現職編劇和導演親自授課。不過當時我並沒有馬上報名參加，因為當時剛大學畢業不久，我在學校擔任助教，助教是兩年一聘約聘職，做了一年以後覺得沒什麼保障，才去報名了編劇教育院。

剛開始在教育院裡上基礎班時，只覺得課程還滿好玩，但是在進入研修班以後，被當時負責指導研修班的黃義慶老師誇讚：「宥晶很有天分耶！」才徹底點燃了我的興致，應該是這種小事一點一滴累積起來，促使我想成為電視劇編劇的。

Q：請問在寫劇本這條路上有沒有遇過低潮期？

我當時有在編劇教育院讀到專業班，在那之後就只有投遞作品到劇本徵選活動單位。原以為自己理所當然會升上創作班，結果竟然沒能順利升上去，那時候就有面臨所謂的低潮期。

我是受老師的推薦才升班的，但是沒想到編劇教育院竟然打來跟我說，不能重複遞交已經交過的作品，明明是指導老師都說可以我才投的……，總之自從創作班落選之後，我就有將近一年時間幾乎不再提筆寫劇本，頂多拿一些既有的劇本更改一下語助詞便用來投稿徵選活動。

Q：據說您也有面臨過寫劇本的質變時期，請問就是在低潮期那個時候嗎？

我覺得或多或少是有影響的，我原以為自己是灑脫的個性，沒想到創作班落選時回到家裡竟然哭了好久，從走進玄關時就開始淚如雨下，父母看到我那個樣子也錯愕不已。我當時是真心以為自己能穩穩升上創作班。

低潮期差不多維持了一年左右，那段時間我都沒在寫劇本，只是一直思考如何拿既有的劇本東拼西湊，如今回想起來，將已經帶有個人特色的東西大幅度的從頭到尾進行故事架構修改、角色人物更改，是一件很困難的事情，頂多只能做一些微調和細修。

後來我也是一直提不起勁，陷入憂鬱，不想再寫作，不停想著「怎麼會這樣？問題到底出在哪裡？」而且因為一直落選，所以不知從何時起，我也開始有了「是不是應該寫一些專門為錄取用的劇本？」這類念頭。

當時只剩下 KBS 電視臺的徵選活動還有機會可以投遞作品，於是我觀察了歷年來的錄取作品，得出了「喔——原來 KBS 喜歡這種劇本風格」的心得，因為我發現會被錄取的大部分作品，都是屬於家人之間吵吵鬧鬧最後大和解等，諸如此類給人感動、主打安全牌的故事內容。

所以我心想，「既然如此，那我就照這樣的大框架去寫囉！」但事實上，最終寫出來的作品就只是個四不像的劇本，我發現自己根本就不喜歡這種故事風格，強迫自己去湊合著寫，也只會寫出乏善可陳的劇本。

那段時期我沒有做任何工作，本來打算只要專心寫劇本就好，但是最後覺得實在不能再這樣下去，於是又重新找了一份工作，然後心裡也變得踏實許多。

「嗯，現在至少確保有收入了，所以就算落榜也無所謂，還是寫自己認為有趣的劇本吧，當作是給自己欣賞或收藏用也無妨。」我就是用這種心態重新開始寫劇本的。

其實現在回頭看那些參加徵選活動的作品，會發現故事編排得很鬆散，在我看來只有內容是有趣的，因為我是以「這群人說著這些索然無味的對話、吊兒郎當地玩笑嬉鬧好有趣」的方式去寫，評審們應該是太抬舉我了。

回顧當初，我會認為當時應該要寫自己擅長的題材，才不會導致低潮期拖那麼久，就是因為寫自己不擅長的題材才會繞那麼多遠路，寫起來也格外痛苦。但是嚴格來說，我認為那段低潮比較像是自我反省、客觀看待自己的時期，雖然辛苦，但還是一直抱持著「遲早都是要寫」的想法。

Q：那麼您現在等於是在和李允正導演一起籌備類型劇，請問您是本來就很喜歡類型劇嗎？

我喜歡看類型劇，但從來都沒有寫過。導演和我的性格滿像，都偏好溫暖、開朗的劇本風格，可是她有說她自己也滿想要挑戰一次類型劇，所以就促成了這部劇的誕生。不過她還是希望能在這種劇裡納入一些開朗的元素，所以當她對我說：「我希望幾名警察相聚在一起聊天時，能夠展現既有趣又溫馨的氛圍，妳能幫我這個忙嗎？」的時候，我義不容辭，並答應加入了這個劇組。

本來一開始我還以為只要寫一些比較溫馨的小插曲即可，但是當我準備要提筆寫作時才發現原來不是這麼一回事，我甚至一度因為覺得自己實在無法勝任而動過想要放棄的念頭，當時周遭所有人都勸我：「妳瘋了嗎？不打算正式出道啦？」於是我只好告訴自己：「那就先寫寫看劇本再說，假如導演不滿意，就算我想嘗試也沒機會。」然後才比較能看得見寫作方向，於是就這樣一路寫下去了。

Q：請問有沒有什麼經典作品是對您找靈感有幫助的？

通常如果收看當下覺得有趣，我就會認定那是一部好作品。不過我有個滿有趣的習慣，假如在電視劇或電影裡看見某段內容深得我心，我就會反覆重看不下百回，因為實在太喜歡，而且真的不誇張，連演員在那場戲裡的換氣點我都能記得一清二楚。

比方說，我今天看了某部劇的第十五集，其中有一幕特別喜歡，那麼我就會上網去找出那一幕，然後不斷回放，直到都能把所有細節倒背如流為止，但我這麼做純粹是基於演員很帥或臺詞耐人尋味而重複收看，絕對不是為了學習任何技巧；只不過如今回想起來，這樣的經驗的確對於我寫劇本提供了滿多幫助。

Q：既然您這麼喜歡看電視劇，能否介紹一下您人生中最喜歡的三部電視劇？

我會選《巴黎戀人》、《茶母》（다모）、《我是金三順》這三部電視劇。至於有令我想過「之後也想試著寫寫看那種調性的電視劇」的作品是《我是金三順》和《謝謝》（고맙습니다）這兩部電視劇，我個人是很喜歡像《謝謝》這樣的作品，收看時內心可以明顯感受到一股溫暖，我很喜歡那樣的故事氛圍。

《謝謝》這部劇是我在大一那年收看的，當時為了上英文課而暫時住在學校宿舍裡三個星期，我都偷偷跑去看劇，隔天還在那邊模仿資深老演員申久（신구）。除此之外，我也很喜歡李允正導演執導的《咖啡王子一號店》這類型電視劇。

Q：請問您平常是如何設計臺詞？有沒有什麼特殊祕訣？

說真的，不論是授課老師還是講師，這一路走來遇見的每一位老師都口徑一致地強調：「臺詞是靠天分。」假如是故事架構或場景安排，通常只要埋首苦練六個月左右就能寫得出來，但臺詞和角色人物的設定都會被認為是取決於有沒有這方面的天分，而往往聽完這番話的學員則是晴天霹靂……哈哈哈！

坦白說我是屬於想臺詞時不會去思考太細的人，但這也並不表示我能完全不用思考就暢行無阻地寫出臺詞。

我非常喜歡漫無目的地坐在公車上，通常都會利用那段時光來嘗試進入我所創造出來的故事情境當中，然後不斷想像。我最大的興趣就是胡思亂想、天馬行空地想像，所以我會讓自己身歷劇本當中，直到想出好笑的臺詞為止。

「假如我和該名角色人物正好搭乘同一臺電梯，或者是和第三者一起三個人共乘一臺電梯，那麼這些人會說哪些話呢？」

就算這些內容不會真的被放進劇本裡，也要練習想像自己和這些角色人物同在一個時空背景下，會發生哪些事或出現哪些對話，然後要是想到非常搞笑或者「這句話真的很像那個角色會說的話、這句話只有主角才有辦法消化」等臺詞時，我就會先記錄下來並告訴自己等之後再拿來使用。

不過這也並不表示我會寫得連一個助詞都不漏，我只是透過這種方式不斷在腦海裡儲備臺詞，等之後正式寫劇本時就會相對輕鬆許多，因為隨時都能取用。如果是自認為很不錯的句子就會特地抄寫下來，但反而是這種臺詞比較沒有適用之處，所以一般來說只要是覺得還不錯、滿有趣的臺詞，我都會記在腦海裡隨時取用。

正因為我都是用這種方式思考臺詞，所以最近會覺得首爾市內公車路線好像已經不夠長，近一、兩年只要時間允許的話，我甚至會搭乘客運去更遠的寺廟替自己安排一趟小旅行，最遠來回車程要五、六小時的那種地方，在車上一路思考，抵達寺廟後直接在那裡夜宿一晚，順便把過去累積的壓力或糾結的念頭一併放下，等隔天回首爾的車程路上又繼續思考。

Q：在您看來，電視劇說故事的核心是什麼？好看的標準又是什麼？

最近在籌備作品的最大心得是，故事終究還是要回歸單純才行，當你貪心地想著「加點這個會不會更好看、在這裡拐個彎呈現會不會更有趣」時，你的故事從那時起早已飄到外太空去。

明明故事就應該要讓人看得一目了然，但是編劇往往會寫著寫著，寫到某個點就突然開始變得貪心，深怕要是太容易被觀眾一眼看懂就會顯得俗套，所以才會老是想要東添西補，想盡辦法搞得隱晦難懂，最後就會落得觀眾反應不佳、評價也很糟的下場。

「不行，還是把主要骨架留著就好，其他多餘的雜枝先刪掉好了。」結果果不其然，故事變得更加明確，角色人物也變得立體生動，好太多了。雖然在修潤劇本時，為了將這種不必要的部分去蕪存菁而占用了不少時間，但這也是非常寶貴的經驗。現在，我已經體悟出一套屬於自己的寫劇本原則：無論如何，還是要用簡單明瞭的方式呈現故事內容。

Q：請問誰是您心目中的楷模或典範？

每當我看到好看的電視劇時，都會對編劇肅然起敬。只要收看電視劇的那一小時期間讓我感到有趣、溫馨、心動的話，我認為那就是最棒的電視劇。

像我最近就有看一部電視劇——《救救我 2》（구해줘 2），這部劇的臺詞設計得實在是無懈可擊，我現在正好也在為臺詞所困，每次只要刻意用力去寫，或者給自己非寫出精湛臺詞不可的壓力，往往就會事與願違，寫出慘不忍睹的臺詞，故意賣弄技巧的臺詞一定會慘遭導演無情刪除，導演都會說：「這句真的不行。」然後毫不猶豫地拿掉。

《救救我 2》我只看了第十五集和第十六集，而這兩集正好在演村子裡彷彿真的會出大事般，劇情來到最高潮的階段，但是我發現在如此至關重要的時刻，編劇安排的臺詞反而都不是多麼了不起的句子，劇中人物你一言我一語地爭論著彼此之間積怨已久的衝突，臺詞不多，卻能透過演員的一舉一動、一個眼神，一覽無遺。我好喜歡這樣的呈現方式。我看著這些畫面思考了許久，不禁讚嘆：「哇，難道這些都是原本就有被寫在劇本裡的嗎？真的好厲害哦……」

而且在那部劇裡最壞的角色是由演員千虎珍（천호진）飾演，他最後是被火活活燒死，但是直到死前最後一刻，他都仍緊握一張五萬韓元的鈔票，我看著角色人物性格能像這樣從頭到尾保持一貫性，不免心想：「實在太帥了，這真的要好好學起來。」然後昨天又反覆看了該場戲好幾回。

Q：要是遇到瓶頸或者寫不出東西時，您會怎麼做呢？

我現在還是剛起步的編劇，不過我有邊寫邊學到一件事：一定要相信和你一起工作的夥伴。遇到卡關實在寫不出故事的時候，千萬不要自己一個人埋頭思索，聽聽看其他人給予的意見真的會得到許多幫助，也更容易掌握方向。

當然，我並不是要你什麼都不寫就去請教別人意見，而是等你自己已經絞盡腦汁盡了全力，好不容易寫了一些基本內容之後，再向其他人請教，一起腦力激盪，藉此彌補自己能力不足的部分。我就是在這樣的過程中學習到許多事物。

Q：您目前是和另一位編劇共同執筆，請問是以什麼樣的方式進行合作呢？

在我加入這個劇組時，基本上企劃案已經定案了，所以故事的大框架都已成形。一般來說，編劇、導演、助導、編劇助理會齊聚一堂討論並設定好每一集的劇情發展走向，隔天我會再另外和編劇相約見面，一起討論分場事宜，然後各自回去寫好初稿，再於下一次的會議中將彼此的初稿進行整合，挑出哪些可以用、哪些不能用的內容，最終定稿則是由編劇負責彙整。

我們這個劇組是屬於態度相對開放的團隊，還算滿重視每個人的意見，所以在講述個人想法、延伸討論時，氣氛都滿好的，不會令人覺得有壓力。這其實也是導演的性格使然，她傾向於有話直說不要悶在心裡，從開會中也能看得出來她不想把話憋在心裡，有什麼想法都會直接告訴我們。

而且編劇也是一位非常豁達的人，假如今天換作是我當編劇，要讓出身旁的一個位子給另一名編劇助理，還真的沒那麼容易，這點我很清楚，但她還是非常瀟灑地對我說：「妳可以補強我的不足之處，讓這部電視劇的完整度更高，這絕對是好事。」等於是給了我非常大的舞臺，實在是很感謝她。

Q：通常在編寫一部作品時，會從哪個部分開始發想？

這可能會因作品而異，像我在籌備《精鹿派趙芝量》劇本時，好像是從片名開始思考，由於那部作品本來是預計要參加「慶尚北道文化內容振興院」劇本徵選活動的，所以主辦單位有規定內容必須含有慶尚北道地區的故事，然而，過去我從未去過慶北一帶，翻閱上一屆錄取的作品時也發現慶尚北道的地名幾乎都出現過一輪，慶州、榮州也都有出現過，但我又不想寫俗套的地區故事，所以就攤開地圖尋找了適合發展故事的地點。

後來我找到英陽郡珠實里這個地方，赫然發現竟然是詩人趙芝薰的出生地，於是我開始聯想，趙芝薰的出生地……珠實村……，好歹我也是國文系出身的，所以就自然想到了「趙芝薰、青鹿派」。

「哦？這些字只要拿掉一個點，就會變成精鹿派趙芝暈耶！還滿好笑的，精鹿派？這可以用來當作誰的名字呢？喔！還是拿來當成幫派名稱？趁這個機會寫寫看黑幫故事？」我當時就是像這樣一直胡思亂想延伸下去，故事也隨著這樣的發想過程逐漸成形。

其他作品的話我是從人物設定開始發想，因為我是以想要用自己喜歡的角色人物來寫一部劇的心態，開始寫那些作品的，我很喜歡個性豪邁、說話也很爽朗的角色，不然就是尚未被世人發掘、隱藏在民間的高手這種小人物也很喜歡，所以我會想要用這種非常吸引我的人物去創造故事。

過去我大多就是像這樣，先去設定好人物的性格與特質，然後再去想像這些人物最適合在哪一片土地發光發熱，並安排合適的場景、情境，將故事繼續進行延伸和擴張。

Q：隨著市面的影音平臺推陳出新，請問您有沒有對此感到憂心？面對這樣的媒體新趨勢，您有做了哪些準備？

我其實才剛開始寫劇本不久，所以目前在進行劇本創作時還不太會去意識這個問題，我反而是在收看了 Netflix 裡的電視劇以後有了一些新思維，發現原來過去自己收看的內容實在很狹隘，尤其現在這個時代真的是任何故事都可以被拿來寫成電視劇。

像我在編劇教育院上課的時候，其實經常聽見「千萬別寫歷史劇，因為製作經費高。」等諸如此類的言語，奉勸我們不要去寫製作經費高昂的劇本，所以我們幾乎不太會寫歷史劇，也會盡量避免寫成本高的故事，有著這種不成文的規定，不過這也讓我不禁反省，自己在發想劇本時是不是也已經不知不覺被這樣的框架給侷限住了。

自從看了 Netflix 裡的電視劇以後，我意識到自己好像太封閉，涉獵的內容不夠廣泛，也替自己設了多道無形的牆，於是我心想，何必如此畫地自限，我對於世上原來可以有如此多元的故事、故事竟能發展成這種境界感到吃驚，這反而成了我的契機，告訴自己以後不能再作繭自縛，限制自己的想像力。

Q：通常不是都說編劇要自帶氣場，請問您有沒有什麼話想要提點後輩？

其實我是個膽小如鼠的人，也很容易杞人憂天，嗯……像我在教育院基礎班的時候，讀書會成員就很常對我說：「欸，妳這麼容易多慮，到底該如何是好啊？」大家也很常對我說：「我看妳啊，本來能成的作品都不會成，又還沒開始妳就在那邊一直問我們：『應該不會紅吧？是不是寫得很無聊？』怎麼可以盡說這些令人洩氣的話。」

所以我是真的毫無氣場可言。但我一直始終相信，總有一天，一定會有人主動投球讓我擊球，也就是抱持著「遲早有天會遇見我的伯樂」這樣的信念。

於是就在二〇一八年，終於被我遇見了決定要賭我一把的人，我當時有暗自心想：「果然皇天不負苦心人。」

我也是屬於有走過一些冤枉路的人，有段時期甚至為了錄取而寫了一堆奇怪的作品，不過我發現如果是心存這種企圖只為錄取而寫，那麼不論你費多少心思，永遠都不會被選上。

低潮期的時候我也有持續遞交作品到各大劇本徵選活動上，雖然都只是修改一些語助詞便交了出去，內心卻還是會抱有一絲不切實際的期望，納悶著主辦單位為什麼還不聯絡我，不過事過境遷以後，再重新回頭客觀看待當時投遞的那些作品，就會發現寫得實在不堪入目，所以自此之後，我便有了這樣的心得：應該要寫我自己真正喜歡的作品，這樣就算落選也不會徒留遺憾。

後來我下定決心，要展現自己真正擅長的類型，所以後來又重新寫了兩部作品參賽，最終也靠著這兩部作品，讓我踏上了編劇這條路。

當我寫了自己擅長的內容且寫得精彩有趣時，自然而然就會有「哦！我也很喜歡這種故事耶，看來我們滿契合的嘛！那就來一起合作看看吧！」這些人出現，所以我會建議大家一定要寫自己真正覺得有趣的故事，並藉此與人一較高下。

—附加內容—

一定要知道的電視劇說故事方法

一起來讀讀看這些劇本吧！

壹

主角描述

《要先接吻嗎？》主角「孫憮恨」的人物設定

孤獨的獨居男子——孫憮恨

我會愛妳的！
那是我的計畫！
我會很愛很愛妳，但是我不會和妳墜入愛河！
那是我的祕密！

年齡

戶籍年齡四十九[1]，實際年齡五十。

職業

國內首屈一指的廣告公司製作本部理事，曾經有段時期是屢屢創下神話奇蹟的廣告文案撰稿人，現如今卻是只會在會議桌上轉筆的老人。對於同事來說是搶錢的幽靈，對於後輩來說則是拜託快點去死的殭屍，綽號是「Old Boy」。這圈子到底還有沒有敬老尊賢的禮數啊！這些忘恩負義的傢伙！你自己不也是嘛！反覆嘀咕、喃喃自語。他總是羨慕那些不會揮發只會熟成的達人或匠人。

家人

有一名和美籍男子出軌的前妻，還有一名年僅十七歲年少氣盛的女兒在洛杉磯，以及斷絕親子關係的父親在監獄裡。天上天下，唯我獨尊獨居老男人，他已經獨自生活了七年。他從未想過自己竟然會淪落到這般田地、過著這樣的生活。我可是孫憮恨啊！天上天下，唯我獨尊的廣告天才孫憮恨！

為什麼所有人都要把我當幽靈看待！就連家中飼養的老狗「星兒」也因年邁失智而認不出他來，不停對他咆哮。孫憮恨最近因為這隻老狗經常鬱鬱寡歡。

1 因為晚報戶口的關係，才會有戶籍年齡與實際年齡不一致的情況。

特徵

老男人，老古板男人，對實體書、CD、黑膠唱片情有獨鍾。從狠毒的男人變成孤獨的老男人，進行第四階段發育中。下班後會和 Siri 對話：

「我今年五十了！妳也嫌我老嗎？」

「年齡只不過是數字而已。」

「那妳要不要和我談戀愛？」

「請問我做錯了什麼嗎？」

性格

曾經是拿掉風光就只剩一具遺體的男人，現在則是一具不折不扣的遺體。他就和那些劃時代的頂尖人物一樣目中無人，桀驁不馴。他曾憑藉那顆靈感源源不絕的性感腦袋，飽受業界人士與異性的歡迎，現在則成了邊緣人，大家都對他避之唯恐不及，不論是女兒、太太還是父親，都不再對他正眼相看。

他是個剩餘的人類、剩餘的人生，少了犀利，只剩敏感。他那豪爽的直言也成了毒舌。認識他的人對他的評價大致上是「不懂得察言觀色」、「索然無味」、「沒人情味」、「難以親近」，空有一身的成功值和經驗值，以及不必要的難搞與愛挑剔，就是個一無是處的大叔。怎麼會淪落到這個地步？這不是他，不是他的本意，也不是他原本的樣子。也許最不愛他的人正是他自己。

祕密

他正在獨自死去。

憮恨的故事

憮恨有一個從未對任何人說的祕密——身體的祕密——他的胰臟裡住著癌細胞，已經共處五年，不久前被醫生宣判壽命只剩短短六個月，這該如何是好？難道要種一棵蘋果樹？當他把老狗安樂死以後回到家中的那一天，憮恨悲痛萬分，他感到孤獨至極，對人的溫度渴望不已，老狗離世這件事使他不停搖晃身體，不能就此結束！不能在這樣的狀態下結束你的人生！

他洗澡時因廁所門故障而被困在裡面整整三天兩夜，而且還是以全身赤裸的狀態，不論他多麼想盡辦法求救、呼叫、敲打上下樓住戶的浴室地板和天花板也毫無動靜，沒有人前來幫忙紓困，沒有人聽見他那充滿憤怒又無奈的嘶吼。他已經耗盡力氣，聽說一天平均會有六起死亡案件是獨自一人陳屍家中，看來自己也難逃這種宿命，也許這裡就是他的生命終點。

不曉得憮恨有不治之症的朋友（黃仁宇）介紹了一名女子給他認識，正當他準備婉拒時，是她！該如何介紹她呢？渾然不知憮恨其實認得她的女子，只有憮恨自己認得的她，絕對不能讓對方知道自己認得她。她終於第一次仔細觀看憮恨。憮恨突然覺得難以呼吸，因為癌細胞的關係，不，是因為她的關係。女子默默觀察著憮恨，從服裝、頭髮、鞋子、手錶到老化程度，她的臉上逐漸失去笑容，取而代之的是失望與不滿，憮恨感到疼痛，因為她，不，是因為癌細胞的關係。

女子一臉「竟敢介紹這種老傢伙給我」的表情，眼神也毫不掩飾地展現著怒氣。憮恨的身體變得更加疼痛，都是因為癌細胞的關係，其實是因為她的關係。憮恨瘋狂翻找登山服口袋裡的止痛劑，假裝是降血壓的藥物一口服下。藥丸卡在喉嚨裡，不，是她卡在喉嚨裡，從很久很久以前的那天。（以下省略）

只有憮恨自己知道的「與她的故事」

二〇〇七年，純真的女兒吃了憮恨親自操刀的廣告商品軟糖後不幸身亡。

那是一款小朋友可以親自動手做來吃的零食，只要在白色粉末中加點水，再攪拌均勻，就會變成一串串像葡萄一樣的軟糖。自從憮恨設計的電視廣告播出後，一個月內便賣出一千萬包的銷量，並在市場上引發轟動。對於憮恨來說，這支廣告沒有花太多成本就創下了驚人佳績。然而，純真的女兒未將粉末攪拌就直接吞食，導致呼吸困難，最後因吸入性肺炎與腦缺氧而失去生命跡象。

憮恨看著電視新聞裡宛如被活活奪走一塊心頭肉般哭到聲嘶力竭的母親，一邊告訴自己不是我的錯，一邊還是難掩自責。因這款零食而死的孩子，是純真唯一的女兒。事實上這件事情的確如廣告主所言，問題出在孩子不在零食，憮恨也沒有將殺人零食包裝成魔法零食來誤導大眾。

我沒有錯！我和那個孩子都只是比較倒楣而已。然而，這真的是一起不可抗力的事故嗎？假如憮恨設計的是一支警告孩子在食用上會有危險的廣告，那麼純真的寶貝女兒會不會就能逃過一劫？他只想著要讓商品大賣，從未考量過小朋友們；他只將廣告純粹視為個人作品，從未意識到廣告其實與人的生活息息相關。自從發生這起事件後，憮恨開始對廣告這份工作產生本質上的懷疑，一接觸到廣告商品也會先看缺點而非優點，並且先確認是否具有危險性與危害要素，原本拿手又賺錢的企業形象廣告，也頓時變得靈感全無。

工作自然是不可能再像從前那樣順遂，廣告天才也成了廣告蠢才。憮恨轉任顧問職，不斷地勸告自己忘掉吧！忘掉！忘掉那名已故小女孩的母親安純真。那種事故只是數千萬分之一的機率，只是自己倒楣罷了。每當他快要忘記這件事找回從前的自己時，就會想起小女孩的母親。正在和零食製造商打官司的純真會不斷地出現在他眼前，不論是透過電視新聞、光化門街道上，還是地鐵裡，有時甚至還會出現在憮恨的夢裡。

憮恨根本忘不掉純真，因為他經常會夢見純真，實在無法把母女倆拋諸腦後的憮恨，最後不得已只好親自去了一趟小女孩的靈骨塔，並在那裡發現吞藥生命垂危的純真。對於憮恨來說，這件事雖然是數千萬分之一的機率，但是對於純真來說卻是百分之百，是她的一切，也是毀掉其一生的痛。儘管最後成功挽回純真的性命，她卻徹底放棄了自己的人生。（中略）

三年後，也就是現在——二〇一七年，被醫生宣判生命只剩六個月的憮恨，與下定決心活下去，不，是下定決心「豁出去」的純真意外地在再婚場合上重逢！對於憮恨來說這已經是無數次的重逢，但是對於純真來說是初次見面。決定豁出去的純真，光看憮恨的身價和資產就決定要當他的妻子，裝出女性化的樣子，把戀愛、愛情、自己的人生全都賭在憮恨身上，簡言之就是把自己的人生直接扔給了憮恨，彷彿再也不想拿在手中似地，將她的人生丟給了他。

該如何對待這名女子呢？扔在他面前的這名女子的人生，到底該如何處置才好？反正自己都快死了，就乾脆繼續選擇視而不見？還是反正都快死了，至少要把她救活？他已經停留在原地太久。

是時候勇於面對了，是時候把過去未完成的功課做完了。她走進了我的人生，暗示著我要把未完成的人生完成，把當初的未完成弄完成了再走。憮恨決定要全心全意接納她的人生，不再逃避。不論日後會面臨什麼瞬間、什麼情形，他都會用他的餘生、全心全意，去迎接她。

純真完成了憮恨，當時的未完成使他的人生完成。而且原本不在計畫中的愛情，他此生最後一份愛情，也在他不自覺的情況下悄悄萌芽！那是和初戀一樣小心翼翼的愛，羞澀的愛，不會有結果的愛。

貳

設定故事情節

MBC Best 劇場《未婚妻的故事》故事情節解析

二〇〇一年六月一日首播

編劇：鄭有慶　導演：金鎮滿（김진만）

劇本長度：Ａ４紙三十一頁（六十分鐘）

前情提要：純樸的農村小夥子正浩（金國振飾），與美麗可人的延邊女子紅梅（許英蘭飾）完成訂婚儀式後，正準備洞房，不過就在此時，正浩的初戀情人回來了！

・——第一章——・

開場

從一片祥和的農村風景與正浩房裡的訂婚照開始。紅梅的獨白。兩人在延邊完成訂婚儀式，目前正期待在韓國舉行婚禮與洞房花燭夜。

片名

設定

介紹憨厚老實的農村小夥子正浩這個角色。在正浩與朋友們一起喝酒的這場戲裡，正浩在朋友的一片祝福聲中不斷炫耀紅梅有多漂亮，然而，這些朋友只顧著喝酒，喝多了還開始口無遮攔地說著：「朝鮮族女孩假結婚的問題可令人頭疼啊！」「聽說很多都是嫁來韓國拿到身分以後就離家出走呢！」正浩聽到這些話心裡很不是滋味，這下該如何是好，純樸的正浩內心開始有點動搖。

引爆劑

「天啊！這種事情竟然也會發生在我身上！」正浩的初戀情人善雅回來了。而且原本是致命女郎的她，竟變成了一頭溫馴的羊。「日子過得怎麼樣？我一直都好想你。」甚至還隱約有一些肢體碰觸。正浩的心瞬間被她勾走，兩人共騎一輛腳踏車約會的蒙太奇手法，以及兩人的幸福歡笑聲。

討論過程

正浩向老母親坦承自己不想和紅梅結婚。

「聽說最近農村小夥子很多都被朝鮮族女孩騙婚！」

「你是不是有什麼事沒對我說？」

「其實，我……見到了善雅。」

↓建立了主要高潮。正浩最終是否會拋下紅梅，選擇善雅？還是正浩會選擇紅梅，一起打破社會及善雅對朝鮮族的偏見，從此過著快樂幸福的生活？

↓第一章到此結束，共七頁的分量。

・──第二章──・

進入第二幕

仁川沿岸港口，紅梅來韓國，正浩已下定決心，帶她在首爾觀光半天左右便送回中國，尷尬的見面。唉，紅梅之前就這麼像村姑嗎？

趣味與遊戲

正浩與紅梅的首爾約會，心太軟的正浩始終說不出叫紅梅回中國的話，頻頻錯失機會，善良的紅梅則是毫不知情。當正浩突然發現紅梅在樂天世界遊樂園裡消失不見時，決定順勢離開那裡。在冷麵店吃播節目中介紹四十多歲延邊女子家政婦配角。正浩看見紅梅破舊的高跟鞋鞋跟斷掉，決定買一雙要價七萬九千韓元的紅色高跟鞋當作最後禮物送給紅梅，紅梅感動得眼眶泛淚。

「實在太感謝了，以後我會對你好的，也會好好照顧你的母親。」

快要崩潰的正浩，此時接到壞人——善雅正好打來的電話。正浩再度動搖，最後狠下心買了隔天一早第一班的機票要把紅梅送回中國。夜晚街道上的旅館招牌霓虹燈。

「那我們就各自蓋各自的棉被睡覺，這樣總可以吧？」

中間點

旅館房間。

「很抱歉，紅梅小姐，祝福妳找個好男人過好日子。」

正當他打算說這句臺詞時，紅梅說：

「沒關係，就在這裡睡吧，在這裡洞房也無所謂……。」

正浩簡直要瘋了。

「我也有一件事情想跟你說。」

「什麼事？」

「以後能否每個月匯十萬韓元回中國？我的父母欠了不少債。」

正浩的眼神瞬間改變。

「拜託，做人不能這樣啊，不能因為我沒結過婚就瞧不起我。妳請回吧！現在就立刻回去妳的國家！」

正浩從旅館跑了出來，真是的……機票竟然忘了拿給她。正浩頻頻回頭察看，最後還是直視前方揚長而去。可憐的紅梅。

↓到此為止共十八頁的分量。

壞蛋來襲

我們的致命女郎善雅，展開正式行動，她引誘單純的正浩，得到投資冰淇淋加盟店的承諾。

無處可去的紅梅，遊走在首爾街頭，偶然與冷麵店裡的延邊女子四目相交。正浩則是將結婚資金一千萬韓元匯進了善雅的戶頭裡，並沾沾自喜。

絕望的瞬間

「聽說被善雅騙錢的人不只一兩個。」「怎麼可能，不會的，不會有這種事的。」電話聯絡不上善雅。人財兩失的可憐正浩，天都黑了還六神無主地站在江邊。另一頭的紅梅則成了走失的孩子。紅梅撥了通電話回中國老家。

紅梅　（開朗）媽，是我啦，你們都好嗎？我們辦完婚禮了。嗯……，別擔心，我今天寄了個包裹回去，因為是英梅的生日啊！我寄了H．O．T的錄音帶，是最新專輯喔！記得再幫我轉交給英梅。老公對我很好啊……當然囉……他對我超好。這裡一切都好，女孩們穿的衣服也都好漂亮，打開水龍頭也會馬上出來超強熱水喔！

投進公共電話裡的硬幣不停向下墜落，一時語塞的紅梅，用衣袖默默擦拭淚水。

紅梅　媽……，好想妳，我也很想很想妳……

紅梅透過延邊女子的引介，好不容易找到了一間雪濃湯專賣店的工作。紅梅因非法滯留而被追捕。紅梅被困在大馬路邊。

↓到此為止共二十三頁的分量。

孤獨靈魂的夜晚

不吃不喝徹底成了廢人的正浩。一件包裹扔了過來，裡面裝著一個蜂蜜罐和整齊折疊的粗糙韓服布料，那是紅梅寄來的包裹，還附上了一封手寫信。紅梅的旁白搭配著兩人短暫卻純樸的戀愛過程……

「感謝過去親切地對待我，希望你能找個好女孩，過上幸福快樂的日子。很抱歉讓你傷心了。」

正浩默默掉下一滴眼淚，最終決定北上首爾尋找紅梅。

↓第二章到此結束，共二十六頁的分量。

・——第三章——・

到底在哪裡能找到紅梅？正浩四處徘徊。旅館前的街道、沿岸港口待客室、遊樂園周遭……。正浩已經筋疲力盡。這時，他突然想起冷麵店的延邊女子。正浩跑去紅梅打工過的那間雪濃湯專賣店，然而，迎接他的是紅梅的紅色高跟鞋。「她之前還一直不捨得穿……嘖嘖……結果連這雙鞋都來不及帶走。」正浩哽咽，不知該說什麼才好。

紅梅腳踩拖鞋、一身邋遢地走在夜晚街道。急徵酒店小姐的各種廣告。紅梅看了廣告一會兒，顧影自憐。最後還是走到了雪濃湯專賣店前。

紅梅　（起身頷首致意）我是來拿回那雙高跟鞋的。

結尾

一輛市外巴士行駛在一條被朝陽劃破凌晨濃霧的鄉間林蔭大道上。

正浩緊握著信，眼眶泛紅。瞬間，他從車窗內看見路邊有一名女子，正浩緊急請司機停車，奔向女子。

紅梅　（猶豫不決）那個……十萬塊……不用幫我匯了。

紅梅淚流不止。正浩哽咽，用顫抖的手握住紅梅的雙手。正浩看見了紅梅手上拿著的紅色高跟鞋，終於忍不住也流下了男兒淚。

↓結束，共三十一頁的分量。

參

設定故事情節（二）

KBS Drama Special《金槍魚與海豚》故事情節解析

二〇一八年九月二十八日首播

編劇：李姃垠（이정은）　導演：宋民葉（송민엽）

劇本長度：A4紙三十四頁（六十六分鐘）

劇情簡介：二十七歲的賢瑚（女，朴珪瑛飾）是一名很容易陷入愛情的女孩，卻是個從未談過戀愛的母胎單身。某天，她在住家附近的游泳館偶然遇見一名被稱作「海豚」的男子，對他一見鍾情。然而，要談個戀愛並不容易，游泳初級班的同學為了將賢瑚和海豚湊成一對而特地組成了「金槍魚與海豚」小組。另一邊，難搞的初級班游泳教練有羅（男，尹博飾）恰巧撞見了海豚，竟發現原來他是有婦之夫的事實……

第一章

開場

賢瑚遇見在深海裡游泳的海豚，然後出現帶有主題暗示性的獨白：「跳進去之前，誰知道會有多深……會看見哪些東西呢……？」畫面呈現兩名男子，「愛情也是如此嗎？」

片名

設定

以「您了解什麼是『道』嗎？」事件[1]，幽默風趣地介紹「容陷愛」（容易陷入愛情）的母胎單身賢瑚。接下來是賢瑚代替母親硬著頭皮去上游泳課的畫面。與游泳教練有羅不愉快的初次見面。有羅老是惡整賢瑚，最後甚至給賢瑚取了個綽號——「金槍魚」。抱怨不休的賢瑚，赫然發現帥哥「海豚」！

賢瑚　哇……（海豚的身材，畫面依序呈現著姣好身材的各個部位，以及賢瑚的心聲）天啊，那個頸部線條！肩……膀！腹、腹肌！再讓我看看背……（就在那瞬間，海豚轉身展現精實寬闊的背肌）媽呀！

引爆劑

在下著雨的游泳館前，與海豚的初次見面。原本期待會有命運般的共傘同行，沒想到海豚的臺詞竟然是「那個……妳沒帶傘嗎？這把傘妳拿去用吧，我有開車。」留下一臉錯愕失望的賢瑚。

討論過程

被迷得神魂顛倒的賢瑚，「海豚是我的真命天子」。被幼兒園職場前輩傳授創造聚餐機會的技巧，究竟賢瑚能否和「海豚」順利談戀愛呢？鋪陳主要高潮。

---

1 以騙取錢財為目的，在街頭傳播特定宗教的人。

↓第一章到此結束，共八頁的分量。

・——第二章——・

進入第二幕 故事B

介紹完配角以後，玩水球的賢瑚被「海豚」直擊臉部，藉由這次的意外促成了「金槍魚與海豚」小組聚餐活動！賢瑚徹底喝茫了。

賢瑚 不對！（砰的一聲用力放下喝得一乾二淨的五百毫升酒杯，然後擦拭嘴巴，用宣示的口吻說著）什麼喜歡！（比出手指）Nope！是超級無敵愛。我要和海豚結婚！

一群人放聲歡呼，心裡有點不是滋味的有羅。「不是嘛……這種事情都是自己看著辦的啊……幹麼要撮合他們……。」

趣味與遊戲

海豚與賢瑚展開歡樂的吃飯約會，但真的只有純吃飯，兩人關係毫無進展。另一邊，有羅在超市裡捕捉到海豚是有婦之夫的祕密，戰戰兢兢的他，猶豫著到底該不該說出這個祕密。錯失良機的有羅，不得已只好一直暗中欺負海豚，最後兩人甚至打了起來。小組裡的成員推薦關係遲遲沒有進展的賢瑚安排一場超大型的求婚活動。

→到此為止共十九頁的分量。

中間點

面對即將到來的求婚活動，賢瑚幸福不已。這裡是所謂的「假贏」。然而，最後竟然是有羅出現在現場。

壞蛋來襲

有羅與海豚拳腳相向，徹底搞砸了整個活動現場，最終，海豚證實自己並非有婦之夫，有羅感到絕望，賢瑚深感抱歉。有羅和賢瑚在彼此心中留下了極大傷害，兩人分道揚鑣。

→到此為止共二十二頁的分量。

絕望的瞬間

無厘頭的記者會想像畫面，啊……啊……有羅其實也愛著賢瑚……，令人心痛的愛並不是愛……，有羅領悟到這一點。

有羅　我最近臉部很容易漲紅，心情也起伏不定難以控制，心臟跳太快導致晚上也睡不好覺，有時甚至還會突然呼吸困難、胸悶……（一臉嚴肅）這應該不是什麼大病吧？

醫生　（果斷回答）只要少喝點酒就好了。

有羅最終還是罹患了酒精疾病，因為他無視醫生的警告，依然肆無忌憚地飲酒，導致無法上班工作……。賢瑚開始擔心有羅，自責著是不是自己太過分……。她傳了封問候的簡訊給有羅，收到簡訊的有羅神情豁然開朗，卯足全力奔向賢瑚。啊……啊……然而被海豚搶先一步。海豚站在豪華進口車前，準備與賢瑚享受一場華麗浪漫的約會，相比之下，有羅手裡只有拿著一張游泳課優惠券，顯得極其寒酸。賢瑚開始陷入兩難，「到底該在兩個男人之間如何做抉擇？」

↓到此為止共二十五頁的分量。

孤獨靈魂的夜晚

「愛得愈深就愈孤單」．賢瑚開始和海豚正式約會。唉，不過這人怎麼相處起來這麼不自在，凡事都要按照他的意思去做。此時正好收到有羅傳來的簡訊，這個男人永遠都是笑臉迎人。賢瑚苦惱不已。啊！有游泳課優惠券！賢瑚和有羅以水族館約會取代上游泳課，這男人都會逗我笑、讓我感到非常舒適自在。賢瑚在幼兒園裡無意間聽到孩子說了一句給她當頭棒喝的臺詞。

「如果妳覺得開心有趣……就表示喜歡啊！」

↓到此為止共三十頁的分量。

•——第三章——•

最後大逆轉

兩名男子同時聯絡賢瑚，她究竟會選誰呢？海豚在高級餐廳裡獨自用餐，賢瑚則是和有羅在游泳館裡上課。「妳有喜歡過誰嗎？和喜歡的人在一起會感到開心自在嗎？」賢瑚收到了有羅的告白，兩人正準備接吻。

結尾

游泳館前，賢瑚向有羅告白，確認彼此心意的兩人，共撐一把傘同行，劇終。

→結尾共三十四頁的分量。

肆

利用衝突來做說明

電視劇《素英她母親》的說明戲

S# 四十一、村子裡的小路

——英淑跑出來一把抓住素英。

英淑 素英！

素英 放開我！從今以後，我要和我媽一起生活！

——素英甩開英淑的手，快步走去。

——英淑大喊著「素英！」急忙衝上前去重新拉住素英。

英淑 妳要去哪裡？到底要去哪裡啦！

素英 我要去找我爸！

英淑　（滿臉驚訝）
素英　（氣憤難平）我要去找他告狀，告訴他妳都不聽我的話，還和其他叔叔幽會，我要把這些事情全部告訴他！（大步離去）
英淑　（備受打擊，直接坐落在地，失魂落魄）
素英　（走到一半停住，重新走回來）
英淑　（無力地望著素英走回來）素英啊……
素英　我爸到底是誰？
英淑　（嘴唇顫抖）
素英　是誰？家具店大叔嗎？還是釀酒廠的大叔？
英淑　（眼眶泛淚）
素英　到底是誰啊！
英淑　（想要努力忍住淚水）
素英　妳不知道嗎？連妳也不曉得我爸到底是誰？真的不知道？
英淑　（潸然淚下）
素英　（指責的音量愈來愈大）連個名字都不知道？
英淑　……（好不容易開口說道）我不知道他住哪裡，我也是……很久以前就搬家了，所以不曉得他住哪裡。（難過得放聲大哭）
素英　（默默流淚）

英淑 （嚎啕大哭）

素英 （看著母親痛哭失聲，感到錯愕又心疼）媽……媽，別哭了……（靜靜地抱住英淑）

英淑 （一邊哭泣，一邊緊緊抱住素英）

素英 （暫時望向站在一旁的光石）那位大叔也真的很喜歡妳。

英淑 ……

素英 不管妳有多漂亮，男人都只喜歡聰明的女人。除了外婆和我以外，沒有人會喜歡妳的。

英淑 （心痛地闔上眼睛）

素英 媽妳真笨，怎麼連這種道理都不懂……，每天告訴妳，妳怎麼也老是忘記？

英淑 （抱緊素英痛哭）

——光石從遠處無奈地默默看著這對母女。

伍

展現人物身處情況的蒙太奇手法（一）

電視劇《守護老闆》裡運用蒙太奇手法處理的場景

S# 一、恩雪面試蒙太奇

面試官　我看妳在校成績很不錯，只不過這間大學距離首爾滿遠的，高中時沒有認真讀書哦？

恩雪　（稍微感到錯愕，但還是故作鎮定）對，的確是如此。當時那個年紀……應該都是這樣。（回憶起當年的表情）

畫面瞬間轉換成恩雪還是高中生的樣子，她留著一頭蘑菇頭，校服裙底下還穿著學校運動褲，一看就是不愛讀書只愛玩的大姊頭。恩雪身邊全是同樣的磨菇頭，包括好姊妹明藍也是。她們一字排開，惡狠狠地盯著前方，正在和一群男同學對峙。

恩雪　我已經警告你們囉，要是敢動我們學校的人，你們幾個就會全部死在我手上。（男同學紛紛開始嘲笑）要抄傢伙呢，還是直接上？（用下巴向明藍示意）那就直接上吧！

恩雪話一說完，便馬上帥氣地一躍而起，對準那群男同學裡的老大下巴一腳飛踢過去，接著明藍和其他女同學也直接朝男同學飛撲上去，拚命抓著他們的頭搖晃。

恩雪 當時那個年紀……應該都是這樣，比起讀書，更重視和同學之間的友情，雖然有稍微疏忽課業，但我從不後悔那段時光，因為是學習人與人相互信賴的寶貴時光。

現在／另一個面試場合上

恩雪 什麼？（否認後笑了）我不是為了抗議而去組織學生會的。

大學生恩雪正在抗議學校註冊費問題，畫面中呈現著激烈的抗議標語，恩雪站上了講臺。

恩雪　學校是靠教育做生意嗎！吐出數百億投資經費！讓我們來整肅這不合理的註冊費！

學生們以恩雪為首排排站，悲壯的氣氛，現場已經拿起了剃頭刀，正準備開始進行剃髮儀式。

恩雪　透過學生會我學到的是領導力……，它讓我親身體驗到真正的領導力是出自對人的溫暖理解與包容。

現在／另一個面試場合上

恩雪　許多人會光憑我成績優異、取得多項證照，就誤以為我空有這些履歷，經驗卻不夠多元，這是千真萬確的誤會！我也有很豐富的經驗，誠如您剛才說的戀愛……，我也有深愛過、痛到撕心裂肺過……（瞬間有淚水在眼眶裡打轉）抱歉，這讓我想起了那段揪心的回憶……

穿著打扮俗氣的書呆子恩雪，雙手抱著一大疊專業教科書，站在她面前的是手拿兩朵玫瑰花的男同學。

恩雪 （對著男同學說）愛？那是什麼？能當履歷嗎？還是去愛狗吧。

恩雪將內心受挫的男同學拋諸腦後，頭也不回地轉身離去，但就在這時，恩雪的鼻血流了出來。她不以為意、見怪不怪地隨手擦了一下，便繼續往前走。

S# 七、街道（不同天）

戲仿電影《穿著 Prada 的惡魔》橋段

——在街道上奔跑的恩雪，手上拎著大包小包的食物和咖啡，這些都是智憲訂購的食物，腋下還夾著一本手帳，手機也握在手上。偏偏在這時手機響起，恩雪急忙接起電話。

恩雪 是，本部長。
智憲 朴常務的電話是幾號？
恩雪 （急忙用高難度姿勢翻開手帳）那個……等我一下……

食物散落一地，恩雪手忙腳亂地撿拾。車子從蹲在地上的恩雪身旁呼嘯而過。（第一天）

——隨著車子從恩雪身邊開過去，恩雪身上的衣服、髮型也跟著改變，但她雙手依舊提著裝有食物的袋子、咖啡，匆匆忙忙地奔跑，然後還差點撞到人，她嘴裡不停說著不好意思、不好意思，加快腳步穿越馬路。（第二天）

——再隔天，已經快要穿越完斑馬線，但恰巧有一輛摩托車與她擦身而過，害她手中的食物又全部散落一地。喂！你給我站住！

拚了命重新跑回到馬路另一邊的恩雪。（第三天）

S#八、智憲辦公室（和上面都是同一天）

——智憲一臉嫌惡地望著食物，恩雪則是唯唯諾諾地站在他面前。

智憲 （用手指彈著煮熟的紅蘿蔔）我都說我不喜歡吃煮熟的紅蘿蔔了！（用手指彈著大蒜）我也討厭吃大蒜！（大蒜彈到了恩雪的額頭上）

（第一天）

——喝一口咖啡便吐了出來。智憲將那杯咖啡用力放下。

智憲 冰塊都融化了！這根本是摻了水的咖啡啊！五分鐘內，重新買一杯回來！

恩雪 （匆匆忙忙跑出去）

（第二天）

——智憲將三明治扔在桌上，一臉寫著果然這也不出他所料的表情。

智憲 妳到底還想不想工作！

恩雪 （終於忍無可忍）你哪那麼多毛啊！就吃你的吧，臭小子！（等於一拳直接打在智憲臉上）

然而一切只是幻想，現實是

恩雪 （鞠躬）好的，我再去重買一份。（迅速衝出辦公室）

（第三天）

陸

展現人物身處情況的蒙太奇手法（二）

電視劇《要先接吻嗎？》裡運用蒙太奇手法處理的場景

S#三、憮恨的客廳（夜晚）

在燈光昏暗的長長走廊上，兩人朝彼此面對面走來。登愣！狹路相逢的兩人。

純真（瞬間愣住）……

憮恨（瞬間愣住）……

純真（先擠出一抹微笑）……

憮恨（看見那一抹微笑反而開始眼角泛淚）……

純真（看見對方眼角泛淚也開始跟著淚眼婆娑）……

憮恨（潸然淚下）……

純真（難過地看著對方哭泣，然後像第八部二十八場戲裡的憮恨那樣，靠過去幫憮恨拭淚，正準備要獻上溫暖的一吻……）

憮恨 （卻向後退了一步）

純真 （有預想到憮恨會做出這樣的反應。靜止不動。）

憮恨 我來日不多了。

純真 （感到震驚）

憮恨 （感到痛苦）

純真 （目不轉睛地盯著憮恨，漸漸被痛苦擊潰。）

憮恨 （默默地）對不起。

純真 （默默地）所以你當初說一個月是指……

憮恨 （默默地）醫院說我頂多只剩一個月的壽命……

純真 （垂頭喪氣地凝視著地板）

憮恨 （用悲痛萬分的眼神看著純真，拚了命的撐住身體站在那裡）

純真 （覺得喘不過氣，用手緊抓胸口，一臉茫然地逃離現場。）

憮恨遲遲沒有轉身回頭察看，咬牙苦撐的身體在聽到後方傳來的關門聲以後才終於癱軟在地。

S# 四、馬路旁人行道上（夜晚）

人煙稀少的凌晨街道。

純真以想要逃離的心情赤腳踩著運動鞋的鞋後跟，步履蹣跚地走著。

S# 五、漢江大橋上（夜晚）

純真漫無目的地走到了這座橋上，按照她走來的方向走到大橋中央停下腳步。

車輛在一旁呼嘯而過。

純真悵然若失地站在橋上，任由凌晨的強風吹打在她身上。

在凜冽寒風吹打下，髮絲和單薄的衣角都在肆意飄動。

S# 六、憮恨的客廳（夜晚）

痛苦不堪地蹲坐在地，心想著「就這樣結束了，一切真的都結束了。」

憮恨對自己的命運感到絕望，因為就連最後僅剩的一個月也被這樣奪走。

S# 七、紫霞門隧道（夜晚）

純真彷彿下一秒就會暈倒在地般，行屍走肉地拖著腳步走來。

純真走到了這條路的盡頭。

她反覆看著宛如黑洞般的隧道與擋在眼前的牆壁，一臉茫然地準備折返回頭，不過純真沒有自信回去，所以緩緩蹲坐在地。她的四周都是牆，長鏡頭。

參考書籍目錄

- 布萊克·史奈德（Blake Snyder），《先讓英雄救貓咪！你這輩子唯一需要的電影編劇指南》（Save The Cat！: The Last Book On Screenwriting You'll Ever Need），雲夢千里，二〇一四。
- 沈山（심산），《韓式劇本寫作》（한국형 시나리오 쓰기），無中譯本。
- 隆納·托比亞斯（Ronald Tobias），《擄獲人心的二十種故事情節》（20 Master Plots: And How to Build Them），無中譯本。
- 威廉·M·艾克斯（William M Akers），《你的劇本遜斃了：一寫就賣！好萊塢編劇教練給你的 100 個超棒寫作對策》（Your screenplay sucks!：100 Ways to Make It Great），原點出版，二〇一五。
- 衛奇哲（위기철），《故事的玩法》（이야기가 노는 법），無中譯本。
- 李萬教（이만교），《改變我的寫作工作坊》（나를 바꾸는 글쓰기 공작소），無中譯本。